ラルーナ文庫

仙境転生

～道士は子狼に下剋上される～

高月紅葉

三交社

CONTENTS

Illustration

亜樹良のりかず

仙境転生

～道士は子狼に下剋上される～

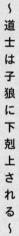

本作品はフィクションです。
実際の人物・団体・事件などにはいっさい関係ありません。

1

かすみたなびく幽境の、峰高くそびえた山々のかげに、可憐《かれん》な桃花は咲きみだれている。

一重八重。

はなびらはけぶるほどに瑞々《みずみず》しく、次々に蕾《つぼみ》を開く。

ポンと小さな音が鳴るような気配がして、あたり一面が薄紅に染まる。やがて霧雨が降りそそぎ、花は濡《ぬ》れ、芯《しん》が揺らいだ。

不思議なことに、新緑の葉が芽生えた花のそばには実が成っている。細やかな繊毛に包まれた果実は、佳人の肌のごとく艶《つや》めき潤み、まさしく白桃色だ。

やわらかな雨に混じるのは、哀愁を帯びた胡弓《こきゅう》の響き。

はるか彼方まで広がる桃園をくまなく覆った。水気を帯びた花はすぐにしぼみ、堅い蕾へと戻っていく。

桃はなおもつやつやと濡れて、馥郁《ふくいく》たる香りをあたり一面に振りまいた。

ここは仙女の長・西王母《せいおうぼ》の桃園。

聞こえる響きは、管理の役を授けられた地仙の道士・シュー《許》・リアン《梁》の奏でる音曲だ。山に建てられた道宮のそば、桃園を遠く眺める観月台に座った彼の手が止まる。

しっとりとした白磁の肌に長いまつげ。くちびるは形のよい薄紅色。

頭頂部の髪を結いあげた長着姿は、天女も嫉妬《しっと》して黙り込む美しさだ。

そこへ弟子の仙童が転がり込む。名はフェン《封》・ジュン《俊》シー《熙》。

あげ髪を布で包んだ少年は、額に汗かく大あわての様子で両手を床へついた。

「一大事でございます。桃園に侵入者が……っ」

「まま、あること」

リアンはゆったりと微笑《ほほえ》み、胡弓を片付けた。腰にさげた乾坤袋《けんこんぶくろ》を開けば、腕の長さほどもある楽器がするりと呑《の》み込まれてしまう。

「悠長なことを言わないでください」

あわてふためいたジュンシーに急《せ》かされて、リアンはおのれの袖の内へと手を差し入れた。

長着の仙服はさらりと揺れる大袖だ。そこからたちまちに長剣が抜き出される。鞘《さや》はちらりと見えてすぐに消えた。

「さぁ、おいで。ジュンジュン。飛んでゆこう」

左手の人差し指と中指を伸ばして揃《そろ》え、銀にかがやく刃の上へすべらせる。

長剣を宙へ放したリアンは、床をとんっと蹴《け》って踏んだ。

白い袖と赤い裾《すそ》が優雅に揺れて、身体《からだ》が宙へ舞いあがる。横一文字に浮いている長剣へ、すっと乗った。

「その呼び名はやめてください！」

こども扱いに眉《まゆ》を吊《つ》りあげたジュンシーも、軽い仕草で床を蹴る。

師匠ほどやわらかな跳躍ではなかったが、あらぬ方向へ流される前に腕を引き寄せられた。リアンの前方へ身体が落ちつく。

「桃園への闖入者《ちんにゅうしゃ》は久方ぶりだ」

御剣《ぎょけん》の術で空へ舞いあがり、山頂から山間《やまあい》へ、奇岩の隙《すき》をすり抜けていく。鳥のごとくなめらかに風を選んだが、前後に並んだ師弟の上衣《じょうい》下裳《かしょう》は乱れもしない。そよと揺れるばかりだ。

桃園は人里離れた場所にある。人がたどり着こうとすれば、岩場を登って谷をくだり、川に濡れて藪《やぶ》に刺され、三日三晩さまよい歩かねばならない。

リアンとジュンシーは、外周あたりへおりた。

百年千年と育ち続ける桃が、とろけた匂《にお》いを漂わせている。桃園上空を覆っていたもやは晴れ、淡い春の陽差しが湿った下草をきらめかせた。

年中、花が咲き乱れる桃源郷の入り口だ。

「なんと！」

ジュンシーの嘆きがこだまする。

のんびりとあとを追うリアンはおどろきもせず、鞘に収めた刀剣をさげ、片腕を腰裏にまわして歩く。

桃園に慈雨を降らせる仕事を賜って三百年。リアンの悠長な性格には拍車がかかり、桃園に起こる不都合を察知するのは、もっぱら弟子であるジュンシーの役目だ。

「狼《おおかみ》の子が桃を食らっています！　あああ……」

わなわなと震える肩を慰めるように撫《な》でて、リアンは足元へ視線を向けた。

黒い塊がうずくまるように倒れ込み、手元にはかじった果実がころりとひとつ。

「獣が入ってくるなんて！　もしかしたら、妖《あやか》しの類《たぐ》いでは！」

叫んだジュンシーにがしっとしがみつかれ、リアンはあっけないほど簡単によろめいた。胸ほどの背丈の弟子にあわてて引き戻され、笑い声を立てる。

「さぁ、どうだろうね。……うん、これは獣ではない」

白絹の大袖を垂らした腕でジュンシーを控えさせ、片足を一歩踏み出した。頭頂部を結いあげ残りを垂らした長い髪が、さらりと腕をすべる。

「見てごらん、ジュンジュン。かわいい耳がついている」

「野犬ですか、狼ですか」

「……犬か、狼か……どちらにせよ、獣人の子だ。ほら、服を着ている」

黒い塊の全体を覆っているのは毛皮だが、灰色に染めた衣も見える。そして、毛むくじゃらな部分には、へなりと倒れた耳らしきものが見えた。ぴくっと小さく震えて揺れる。

リアンの腕越し、おそるおそる覗《のぞ》いたジュンシーがいぶかしげにつぶやいた。

「獣人……？　本当ですか。ぼくは会ったことも見たこともありません」

「耳を隠せば、こちらに住まう人間とほとんど変わらないから当然だ」

引き留めようとする手をするりとかわし、リアンは膝《ひざ》を折って身を屈《かが》めた。

濡れた下草は豊かな色彩で、倒れ込んだ狼獣人のこどもを包んでいる。大きさはジュンシーの半分ほどで、黒く染めた筒袖からちらりと出ている手は体毛薄く、あどけなくも小さい。

もっと背を丸めて覗き込むと、目を閉じている顔が見えた。やはり年の頃もジュンシーの半分。五歳《いつつ》か六歳《むっつ》の幼子だ。

「こんなところへ迷い込むとは……。やはり妖しだろうかな」

首を傾《かし》げながら、倒れ込んだ少年の毛皮羽織の背に手のひらを押し当てる。伝わった息づかいは浅かった。

「開明君《かいめいくん》をお呼びになってはいかがです。あぁ、そんな……、考えなしに」

まくしたてたジュンシーが短く息を吸い込む。

そのときにはすでにリアンは獣人の子を抱えていた。ずっしりとした重さにふらついたが、片手に長剣をさげて立つ。

ジュンシーは信じられないとばかりに額へ指先を当て、せわしなくかぶりを振りながら嘆息をついた。

「犬の子を拾うのとは、わけが違います。お師匠さま」

「聞き捨てならない言い草だな。フェン・ジュンシー」

落ちつきはらって答えたリアンの声が、寝起きを共にするジュンシーを黙らせる。

ずけずけとしたもの言いを許していても、師匠は師匠、弟子は弟子ということだ。

「妖しにさらわれて、この地を三日三晩さまよった挙げ句の盗み食いだとしたら……」

「もう長くはないでしょう」

ジュンシーは頭《こうべ》を垂れ、沈んだ声で答えた。腕を互い違いに袖へ入れて胸の前へ掲げる。

「……いつものように、ぼくが里のそばまで運んでまいります」

「よい。……これは、連れ帰る」

幽境の隠れ里に人が迷い込むことはまれにある。ある者は仙女に出会い、ある者は不老の桃を手にするが、その実、迷い人の多くは命を落とす。

人間風情が手にできる果実ではないからだ。西の果てに住む獣人族も同じはずだった。

「御意」

ジュンシーは短く答えた。リアンの差し出した長剣を受け取って鞘から引き抜く。

御剣の術でひとっ飛び。ふたりは拾いものを抱えて道宮へ戻った。

息も絶えんばかりに昏睡《こんすい》している小さな身体から衣服を脱がせ、温かい湯で肌を清める。

やはり、どこもかしこもリアンやジュンシーと同じつくりだ。

獣のような濃い体毛はなく、腕が二本と足が二本。その付け根には男の証《あか》しがちんまりとついている。

獣人である証拠は、尾てい骨のあたりに毛むくじゃらの尻尾《しっぽ》が一本。顔の横についているはずの耳の代わり、これもまた毛むくじゃらの三角形がふたつ、頭頂部に並んでいる。

「不憫《ふびん》なことだ」

黒髪をそっと指で撫でてやりながら、リアンは寝台の端に腰かけた。人差し指と中指を立て、布でくるんだ幼い身体の中心をなぞっていく。頭頂部、眉間《みけん》、鼻先、あご。布を少し開いて、喉元《のどもと》、胸のあいだ、みぞおち、腹、丹田。

ふと指先が熱くなった。

「あぁ、これは」

小さくつぶやき、目を閉じる。

リアンの長いまつげが、白い頬《ほお》へ影を伸ばして揺れた。

困惑するほどの心地よさに引かれ、少年の腹へと指先がずぶずぶ沈んでいくようだ。気力を吸われているのに、懐かしいようなせつなさに襲われるのが不思議だった。

獣人の国は西の果てにあり、ときどき行商隊が町を訪れる。

特徴的な耳を隠すため、頭にぐるりと巻いた大判の布こそが彼らの商品だ。

絹や木綿を多色で染め、美しい文様を描いたり、刺繍《ししゅう》したり。そのほかには、翡翠《ひすい》などに施す細工の技術に優れている。

商売は小売りではなく、大店《おおだな》との取り引きだ。複数人で現れる彼らは長居せずに去っていく。だから、まぼろしの商人のように語られ、品物にもいっそうの箔《はく》がつく。

「お師匠さま。薬を煎《せん》じてまいりました」

戸の向こうからジュンシーの声がして、リアンはゆっくりと指を引きあげながら応《こた》えた。

「入っておいで」

奇岩がそびえ立つ山々のなかでもひときわ高い峰に、赤と緑で彩色された道宮は佇《たたず》む。

ふもとの里や離れた町からは見えない場所にあるが、熟練者だけが登れる山から望めば、まれに、岩の割れ目に根を張った松が陽差しを照り返すごとくあざやかな屋根の端をちらりと視認できる。

まぼろしのような景色を見た数人が言い伝え、名付けられた名前が『陽風真君《ようふうしんくん》』。しばらくは拝まれていたが、百年も経たないうちに廃れた。

「間に合いましたか」

ジュンシーから椀《わん》の載った盆を差し出され、リアンは受け取りながら匂いを嗅《か》ぐ。いくつかの薬草を混ぜて作る、苦みが強烈な気つけの薬だ。

「うん、調合もよさそうだ。……さて、起きるといいけれど」

できる限りの治療はした。あとは当人の運次第。

空き部屋の寝台へ横たわるこどもを見つめ、ジュンシーは不安そうにまつげを震わせた。

「息はまだ……」

「している」

弟子に答えながら、リアンは狼獣人の子を眺めた。

「気を送り込んだから、おそらくは目を覚ますだろう」

「もし、そうでなければ……？」

「里や町におろすのは、みんなが対処に困って不憫だ。飛剣で西の果てまで行こう」

「……わかりました」

ジュンシーはきりりと眉を引きあげた。リアンが持っている盆の上から匙《さじ》を取り、椀の中身をくるくるとかき混ぜる。葛《くず》でとろみがつき、湯気は出ていない。

匙で少量をすくい、少年の口元へ運ぶ。

見守るリアンは首を傾げた。指に感じた熱さを思い出す。

これまでにも迷い人を救ったことはある。

多くは里や町まで運び、そこで治療をした。ひとまずは丹田へ気を送るのだが、だれもが受けつけるわけではない。

弱りきった身体はすでに丹田が枯渇していることのほうが多く、潤すことさえ追いつかない。そうなれば気つけ薬が効いても、魂が抜けたごとくに廃人となってしまう。

しかし、狼獣人の少年は、指先が沈んでいくと錯覚するほど気を吸い込んでいった。

そのようなことも滅多に起こらない。

リアンが地仙となって三百年。一度か二度、あったような気がする程度だ。

ふっと息を吐いた瞬間、そばに伸びていた少年の足が跳ねた。

大きく咳《せ》き込んで七転八倒するのを、ジュンシーが覆いかぶさるようにして押さえつける。匙が宙を飛び、床へと転がり落ちた。

「ああっ……ああっ……」

少年のむせび泣きが聞こえ、リアンはすぐに盆を置いた。ばたつく足の届かぬ卓の上だ。代わりに水の入った湯のみを取って、腕を伸ばしてくるジュンシーに渡す。

「いやいや……」

リアンはひとりごちて首を振った。これほど悶《もだ》える子に湯のみで飲ませるのは無理だろうと気づき、渡しかけた湯のみを引く。

中身を口へ含んで卓へ戻した。

のたうつ身体を押さえるのはジュンシーに任せ、舌を噛《か》みそうな勢いの小さなあごを摑《つか》んだ。乱暴でも仕方がない。くちびるへ指を突っ込み、犬歯を押さえて開かせる前に口移しで水を与える。

「ん……っ！」

くちびるに触れた瞬間、気つけ薬の苦さがリアンを襲った。脳天が痺《しび》れ、目玉が飛び出すかと思うほどの衝撃が走る。

それでも、少年の口腔《こうこう》内へ水を流し入れる。やがて身体の悶えがゆるまり、ジュンシーが持ってきた湯のみを受け取る余裕も生まれた。

繰り返し水を飲ませてから、リアンも口をゆすぐ。

「……ここ……どこ……」

かすれた声が聞こえ、布に包まれた少年がふたりを見る。

潤んだ瞳は翡翠よりも濃い碧色《みどりいろ》。濃いまつげが目の縁を囲い、眉はきりりとしている。

黒髪にまぎれていた耳がぴょこんと立ちあがった。

「仙女さま……」

布をかきわけ、腕を出す。リアンの袖に触れるよりも先に、ジュンシーの手が伸びた。

「違います」

小さな手をパチンとはたき落とし、ふたりのあいだへ身を割り込ませる。

「お師匠さまはたしかに美しいけれど、女性《にょしょう》ではない。陽風真君。れっきとした地仙でいらっしゃいます。それを仙女などと……」

「ちせん……」

狼獣人の耳がまたふるふるっと震える。

「わたしは、修行中の道士ですよ」

弟子の頭越し、少年へ声をかける。それから弟子の肩に背後から手を置いた。

「彼はこちらの文化にうといはずだ。そう、頭ごなしに怒るのはやめなさい」

「知らなければ無礼を働いていいわけではありません」

「……困った弟子だ」

発言には一理も二理もある。

リアンは微笑み、眩《まぶ》しげにジュンシーを見た。外見は十歳でも、すでに五十年を生きている仙童だ。

彼を預かり、弟子としているリアンは三百年を生きた。

幼くして両親と死に別れ、道士としての修行を始めたのが五歳のとき。

二十代の半ばで仙丹を得たが『飛昇する』ことは叶《かな》わず、西王母から不老の桃をいただいて雨ふらしの役目に就いた。

天界へ昇ることはできないが、さまざまな力を持って地に暮らす者。

それが地仙だ。ジュンシーの言う通り、仙人の端くれではある。

弟子から獣人の少年へ、リアンはゆっくりと視線を移した。

「その耳を持っているのだから、西の果てから来たのだね？　……現在の名は『砂楼国《さろうこく》』だったかな。行商の隊列からはぐれて、あのようなところまで？」

「道士。俺はあなたを探して、ここまで来た」

白い布を身体に巻きつけ、少年はちょこんと寝台に座った。両手をついて頭をさげる。

「この身体の、呪《のろ》いを、解いて欲しい」

「呪い……？」

けげんそうに眉をひそめたのはジュンシーだ。

「まさか、自分の耳と尻尾が呪いだと思ってるわけじゃ……」

「違う！　違う！」

飛びあがらんばかりの否定が返る。彼の言葉がわかるのは、リアンとジュンシーに仙丹があるからだ。耳にしたことのない言語だが、話は通じる。

「本当は、大人なんだ。年齢は二十歳《はたち》。もうとっくに成人してる……」

「……ようには、見えないけれど？」

胸の前で腕を組んだジュンシーは、なおも眉根を引き絞った。身体が傾き、少年を覗き込む。

「混乱しているんでしょうね」

そう納得をつけて、リアンを振り向いた。

頭の回転が速いだけに、少々、答えを急ぐところがある弟子だ。微笑ましくて笑ってしまいながらうなずく。

「ジュンシー。彼に服を渡してあげて」

「はい、お師匠さま。……着ていたものは汚れていたから、しばらくはこれを」

用意していた衣服を渡し、ジュンシーはそのまま着替えに手を貸す。少年は断りもせずに口を開いた。

「俺の名前はダナ・ソワム。みんなはソワムと呼ぶ。五歳から成長が止まって、一ヶ月に一度だけ本来の姿に戻る。信じられないのも仕方がないが、そういう話だ」

ジュンシーの手を借りながら内衣・中衣・外衣と着ていく。身につけていた衣服とは勝手が違うので戸惑っているようだが、話しぶりは年齢にそぐわない聡明《そうめい》さだ。

「……ここへは国の占い師の助言で来た。方角とかかる日数が目安だ。馬に乗ってきたが、このあたりの山に入ってから逃げてしまった。錯乱したようだったが……。それから三日三晩さまよって……、気がつけば、甘い匂いが」

「あれは隠れ里の桃園です」

椅子《いす》に腰かけ、リアンはのんびりとした口調で答えた。ソワムが言う。

「腹が減って喉が渇いて、思わずひとつもいで食べた。あとはなにも覚えていない」

それもそのはずだ。まだ実がついて百年も経っていない未熟な桃だ。

普通であれば、ひとかじりで命を落としかねない。それを免れたのは、まるで仙丹のごとくに練られた内丹を持っているおかげだ。

修行が義務づけられている国もあるとは聞くが、砂楼国がどうなのかはわからない。尋ねてみようかと口を開きかけ、リアンは黙った。

ソワムが話を続けたからだ。

「頼る先はあなたしかない。ここまでたどり着いたのも、なにかの縁だ。呪いを解く方法がないか、知恵を絞っていただきたい」

「どこのものであっても、妖しなどの悪さなら、祓《はら》いもできるけれど」

リアンはくちごもった。即断できるほどたやすい話ではない。

山頂がいくら清浄な場所であっても、道宮が断崖《だんがい》絶壁に建っていても、年季のいった妖怪・妖魔の類いなら結界の隙間をかいくぐる。ソワムがいわくつきのものではないとは言えず、リアンが招き入れたも同然となれば、いっそう始末に困る。

「お師匠さま……」

ジュンシーの顔も引きつっていた。年端のゆかぬソワムの口調が、あまりに大人びているからだ。違和感はじりじりと増していく。

「よい、よい」

リアンは鷹揚《おうよう》にうなずいて、手を打った。

外見だけは倍ほど年の違う少年たちの目が、はたっとリアンを見つめる。

「どうせ、すぐには送ってやれぬ。しばらくは置いてやろう。道宮を案内してやりなさい。彼は人の身だから、厠《かわや》が肝心だろう」

「お師匠さま。そんなことをおっしゃって……。開明君のご意見もお聞きになってはいかがです。あの方なら、すぐに判断をつけてくださいます」

「そうだろうか」

腰に差した木扇を抜き、半分だけ開いて口元を覆う。白檀《びゃくだん》の香りが漂い、リアンの目元は美しく半月を描く。

開明君。彼は正真正銘の天仙であり、武神として誉れも高い。

リアンを案じた西王母の声がかりで様子うかがいにくるが、神仙の常、命短い人間という存在に対して冷淡なところがあるのだ。

彼を尊敬しているジュンシーには言いがたいが、妖しであれ、人間であれ、面倒と感じれば宝具の羽扇を閃《ひらめ》かせて雷を落としてしまう。

それで一件落着、万事解決。かかと笑うのが、開明君そのひとの性質だ。

「まぁ、そのうちに……。おまえから耳へ入れるのではないよ」

納得のいかない表情をしているジュンシーに釘《くぎ》を刺し、リアンは大袖をひらりと翻した。

不安げに瞳《ひとみ》を揺らすソワムの前で腰を屈める。

胡《こ》族らしい、宝玉の色をした瞳に邪悪な気配はない。それどころか、大きな目をさらに見開き、リアンをひしっと見つめてくる。

「……どうして、そんなに」

こどものあどけない声が言った。

「きれいな顔を、してるんだ」

「見る者の心が美しければ、そのように……」

からかって答え、毛の生えた耳へちょんと触れる。ソワムはくすぐったそうに肩をすくめ、たちまち不満げにくちびるを引き結んだ。

朝の支度を終えて戸を開けると、こどもたちの笑い声が飛んでくる。かと思えば、せわしない言い争いのあとで箒《ほうき》の柄のぶつかりあう音が響いた。

里から見れば切り立った峰である山頂は、思いがけず広々としている。道宮の中心には廟《びょう》があり、左右には堂が建つ。廟へ向かって左がリアンの居室で、向かいは物置と炊事場。小舎《しょうしゃ》の真ん中に道が通り、崖《がけ》に突き出た観月台へと続く。

ジュンシーとソワムが寝起きしている小舎は、炊事場の脇《わき》を少しおりた岩のくぼみにあり、桃園から連れ帰ったソワムを寝かせたのもその場所だ。

柱にもたれたリアンは口元を指先で隠しながらあくびをこぼす。

カンカンと軽快な打撃音がひとつのリズムを作り、石敷きの広場を踏みしめる革靴の乾いた音が乗った。兄と弟のような少年たちの呼吸も弾み、攻撃と防御のやりとりはいっそう激しくなっていく。

優勢なのはソワムだ。ジュンシーが手加減をしているのではないが、重心はしっかりと低く、足捌《あしさば》きも軽快で隙がない。

「ジュンシー。そこで引かなきゃ、払いをかけられる！　ほら！」

ソワムの甲高い声が響き、ジュンシーが飛びあがる。地面すれすれをなぎ払う箒の柄から逃げ、片手をついて後転する。

「そうはさせない！」

今度はジュンシーが声を放ち、素早いひと突きをくり出した。

「はっ！」

短い息を吐いたソワムが果敢にも前へ出た。風を切った箒の柄が勢いよくジュンシーの突きを防いだ。と、同時に、ジュンシーの手にしていた箒が宙を飛ぶ。

「あぁ！　まただ！」

悔しそうな叫びが響き、対するソワムは姿勢を正して一礼した。すぐに箒を取りに走る。途中でリアンに気づき、満面の笑みを向けてきた。

会釈で返し、手を打ちながらふたりへ近づく。

「油断したね、ジュンジュン」

「いえ……、ソワムの実力はたしかです。残念ながら！」

悔しそうに顔を歪《ゆが》めて嘆息をつく。

「人には向き不向きというものがある。鍛錬を続ければ、花が咲かずとも身にはつく。ソワムもありがとう。わたしも剣術はからきしだ。練習相手になってくれて大変に助かっている」

「こちらこそ、身体が動かせてちょうどいい。ジュンシーの腕はたいしたものだ。俺とやり合えるこどもに初めて会った。大人と手合わせすると間合いの感覚が狂うから、ずいぶんと困っていたんだ。できれば、大人の姿のときに実力が出せるようにしておきたい」

「……新月の夜にだけ、本来の姿に戻るのだったね」

リアンの問いかけに、ソワムがうなずく。

新月と聞いたジュンシーは、気もそぞろになって視線をさまよわせた。月の光が途絶え、星明かりだけの夜をこわがる性分だ。

「あと三日だ」

リアンが言うと、奥歯を噛みしめたソワムは笑顔を消した。

「……信じてもらわねば」

丸い頬の愛らしさとは正反対の凛々《りり》しい眉が、きりりと吊りあがった。

真剣な決意が伝わってくると、年少者に対する慈しみの気持ちが見る者の胸にぐっと溢《あふ》れる。リアンのそばに控えるジュンシーでさえ、数日を一緒に過ごすうち、ソワムをただの厄介者とは思わなくなっていた。

言葉や口調こそ大人びて横柄だが、幼さに甘えるところがない。朝も早くに起きて道宮の掃除を手伝い、廟へ供えるための炊事もすぐに覚えた。空いた時間にはこうして身体を動かしている。

まるで自分と同じ仙童のようだと、ジュンシーも首を傾げた。リアンも不思議に思う。

そもそも仙丹を持って生まれ、順当に修行を済ませれば神仙へと昇格していくのが仙童だ。生まれはさまざまだが、ジュンシーの場合、父親が天仙で母親が人間であった。

内丹を鍛えて地仙となったリアンとは出自からして違う。

そして、ソワムだ。西の果てに住む獣人族の子に、荒々しいながら内丹があるとは想像もしなかった。

思案するリアンは、さりげなく視線を送る。

幼い身体に眠っている、内丹のあまやかな熱さを思い出す。

あの沼地のような泉の感触を知ってから、リアンは夢を見るようになった。

初めは、懐かしいばかりの西王母とのやりとりで、桃園を荒らされてしまったことの申し訳なさが夢に現れたのだろうと思った。謝りの手紙を書いた日でもあったからだ。しかし、翌日から夢は変化した。

過去とは呼べない初見の景色だ。目が覚めると枕《まくら》が濡れていて、自分が泣いていたことに気づかされる。そして指先には、あの泉の熱さが残っているのだ。

紅蓮《ぐれん》の炎と胡弓の調べ。

断末魔の叫びが遠のき、だれかに強く手を握られた。

「お師匠さま？」

心配そうなジュンシーの声で我に返る。

「あぁ、すまない。呪いのことを考えていた。それはそうと、今日は町へでかけよう」

「ソワムもですか？」

「御剣の術も、使わねば上達しまい。ソワムはわたしの剣へ伴うから、耳と尻尾を隠してやっておくれ」

「……え？　ぼ、ぼくは、自分の剣で？　お師匠さまの剣には、乗せてくださらないのですか？」

あわてふためく弟子に向かい、リアンは仰々しくうなずいた。

「三人も乗れば、谷間へ落ちてしまいかねない。さぁ、わたしはひと仕事しよう」

そう言って、ふたつの小舎のあいだを抜ける。

岩壁から突き出すように作られた観月台は板敷きで、欄干の朱色があざやかだ。眼下には雲海が広がり、見渡すあちらこちらに奇岩の峰が覗いている。

乾坤袋を開いて出した胡弓を手に、結跏趺坐《けっかふざ》で腰を落ちつけた。弓を構えた刹那《せつな》、夢のかけらが舞い戻った。

赤々と燃える火。崩れ落ちてくる天井。

途切れた音曲。

あの分厚い手のひら。磨きあげた宝玉のような翡翠色の瞳。

次こそは、と。声にならない言葉を聞いた。

リアンは目を閉じて馬毛の弓を引く。夢で聞くのとまったく同じ旋律は、あたりの空気をやわらかく揺らして広がった。

仙人が必携の宝具。リアンのそれは胡弓である。引けば遠く思う場所で雲が生まれ、雨がしとやかに降りはじめる。

慈雨のこまやかさを重宝したのは西王母であった。桃園のためにと天へ請われたが、固辞したのはリアンだ。不老不死の桃さえ拒み、せめて不老のみを、と願い出た。

あれは約三百年前のことだ。

夢のなか。リアンはまたしても、西王母の求めを拒んでいた。

『この音曲は、あの人のもの。音に呼ばれて巡り会うその日まで、転生《てんしょう》の輪をはずれるわけには、まいりません』

遠く離れた桃園へ霧雨を降らせながら、白皙《はくせき》の頬に熱いひとしずくがこぼれ落ちる。

三百年の月日は長かった。遠い前世の記憶とわかっていても、なにのため、だれのための希望なのか、真実は五里霧中と消え失せていた。

澄みわたる青空のもと。

さぁ、出かけようと剣を浮かせた瞬間から、頭に布を巻いたソワムの挙動が不審になった。からかいを投げてもおかしくないジュンシーも、自分の剣にこわごわ足をかけている。

引けた腰を微笑ましく眺め、リアンは視線を戻す。

「どうしたの」

両手を差し伸べながら声をかけると、弱気になっていたソワムの眉尻《まゆじり》がきりりとあがった。幼い強がりが垣間見《かいまみ》え、ついついからかってしまいたくなる。

「高いところがこわいなら、さぁ、抱いてやろう」

袖の下に両手を入れて、ひょいと抱きあげる。ずっしり重いが、子狼を抱いていると思えば苦にはならない。

日を重ねて洗った短い髪はツヤツヤと波打ち、リアンの白い頬をくすぐる。

「だから！　そのようなことは！」

少年はジタバタと手足を振りまわす。

寝ていた耳がぴょこんと跳ねて、頬に赤みが差してきた。リアンはそのまま床を蹴った。身体はふわりと浮きあがり、水平の姿勢で待つ刀身へ乗る。靴の裏がかすかに触れているだけだ。

「こども扱いは……やめてくれ……」

「御剣に慣れてから言うことだ。ジュンシー、ゆっくりとついておいで」

ソワムを大袖で抱きくるんだリアンの身体がいっそう高く浮きあがる。

「はいぃ〜」

自信なさげなジュンシーの声が遠ざかり、代わりにソワムが悲鳴をあげた。小さな小さなつむじ風のような声だ。

「あわわわ」

声は急速にしぼみ、両手両足がぎゅっとしがみついてくる。ふさふさした尻尾も、尻を支えるリアンの手に巻きついて離れない。

「道士、離すなよ。絶対に離すな。……離すふりも！」

「では、もっとしがみついていなさい」

強がりに笑いを誘われ、身体をいっそう強く抱いてやる。

ソワムの腕が首へ絡むと、やわらかな髪が耳元に触れた。ふたりのまわりにはそよそよと音もない風が吹くばかりだ。

けれど景色は流れ去った。奇岩の連なる狭谷を抜け、青々とした松の香を感じながら風に乗る。弟子が気がかりなリアンはできる限りに速度を落としたが、足下に広がる景色は卒倒ものだ。息をひそめてしがみつくソワムが気づかぬよう、首根っこに指を這《は》わせて下を見せない。

「これで成人した若者とは……」

リアンのつぶやきを聞きつけても、威勢のいい切り返しはなかった。

「慣れないせいだ」

遅れて返された弱々しい声には、抱かれていることへの遠慮も滲《にじ》む。申し訳なさそうでいて、どこか悔しげな声色に、こどもらしからぬ、肥大した自尊心も見え隠れする。

それがソワムの不思議なところだ。

やがてよろめきながら飛ぶジュンシーが追いついた。ソワムをちらりと見たが、意地の悪いことは口にせず、すでに疲労困憊《こんぱい》の表情で微笑する。

「ソワムはだいじょうぶでしょうか。この高さは、大人でも失神します」

「平気だろう。腕の力も抜けていない」

答えながら、リアンは息切れを感じた。ソワムよりも体重のあるジュンシーを乗せても、ここまで疲れることはなかったが、今日に限って気が弱る。

くらりとめまいがして、気づかれないように丹田へ気を巡らせた。剣が少しでも傾こうものなら、抱えているソワムも、並走しているジュンシーも動揺する。

動揺は気を削《そ》ぐ元だ。だれが転落しても、数十年は御剣の術を嫌がるだろう。大いに修行の妨げとなる。

「あぁ、山の向こうが見える」

ソワムの感嘆が聞こえ、絡んだ腕や息づかいの温度があがった。

同時にリアンは熱さを覚えた。衣服越しに内丹の気を感じる。なぜか波長がよく合った。

「なにが見える」

ささやくように問いかけると、湖だろうとソワムは言った。

「きらめいている。まるで海のようだ」

「海を見たことがあるのか」

「いや、ない」

やけにはっきり否定して、そんな自分のことを笑う。

行く先に町が見え、今度は肩越し、ジュンシーへ声をかける。

三人は町はずれの木陰にひっそりと降り立ち、市場へと足を向けた。

地上の季節は初夏である。広場に作られた池には可憐な睡蓮《すいれん》が咲き、手作りの玩具《おもちゃ》を手にしたこどもがぐるぐるとあたりを駆け巡った。

通りにはいくつもの店が出て、呼び込みの声もにぎやかに響く。

「道士さまとお見受けします」

老婆を伴った若い女が道を塞《ふさ》いだ。腰低く頭を垂れる。

ジュンシーがすかさずソワムをさがらせた。兄弟子に従うかのようにおとなしく従い、倣って袖へ手を入れて控える。

「いかにも。なに用かな」

リアンが微笑むと、若い女はたっぷり呆《ほう》けた。腰の曲がった老婆は目がよく見えぬようで、視線はあらぬほうを向いている。

まばたきを繰り返した若い女は、急に我に返った。

「そ、そうでした……。見ておわかりの通り、祖母の目が悪くて困っております。護符をいただきたいのですが」

「よろしい。具合が悪くなったのは、いつ頃から……。最近のことかな」

「はい。はい」

うなずいたのは老婆だ。

「どんどん目がかすむようになって難儀しております。とはいえ、年も年。せめて護符を拝みたく……」

「……相わかった」

うなずき右手を横へ出す。万事心得たジュンシーが筆を置いた。受け取り、左手を袖のなかへ引く。一枚の護符を取り出した。

さらりと走らせた筆をジュンシーへ返し、人差し指と中指を揃えて、護符を上から下へと撫でる。

リアンとジュンシーの目には、文字が青く発光したのが見えた。すぐに収まる。

それを若い女へ差し出すと、いくばくかの通貨を渡された。相場はあってないようなものだ。金に不自由しているからこそ、こうして流しの道士を捕まえもする。

「ジュンジュン。枸杞子《くこし》を」

「はい、お師匠さま」

幼い呼び名に拗《す》ねることもなく、素直に袖を探る。小さな袋を取り出した。リアンが中身をたしかめ、護符を老婆へ渡したばかりの若い女に握らせる。

「これは枸杞子だ。家族で食べなさい」

「でも、代金の持ち合わせが……」

「また会えたときに余裕があれば、ということにしましょう」

リアンが両手を合わせると、若い女と老婆は何度もお辞儀をしてから去った。

「護符があれば治るというものでもないのか」

成りゆきを見守っていたソワムの問いには、ジュンシーが答えた。

「その気になれば、いくらでも方法はある。でも、安易におこなえば秩序が乱れる元だ」

ソワムは納得した様子でうなずき、三人は今度こそ大通りへ入った。

にぎやかな市をそぞろ歩きしながら、少年たちはあちらへこちらへ視線を移す。ふたりの後ろについたリアンはのどかな初夏の陽差しに手のひらを向けた。

大袖が揺れて、下衣の紅が上衣に透け、たおやかな桃の花に似た薄紅が映える。

眉目《びもく》秀麗を絵に描いた佳人のごとき美貌《びぼう》も、せわしなく行き交う通行人の目には入らない。求める者のみが存在に気づく。

「人には人の秩序と営みがある。神仙には、神仙の……」

ジュンシーが言うと、ソワムが返す。

「そこは相容《あいい》れないのか」

「と、いうわけでもない……。神仙と人間が恋に落ちて子を成すこともある」

「命の長さが違うだろう」

「うん、それは違う。……仕方がない」

「……方法は？　あるんだろう？」

ふいに振り返った視線に射抜かれ、リアンは呆けた表情で少年を見た。姿はやはり幼いが、会話だけ聞いていれば大人顔負けに利発だ。

そして、リアンを見つめる真摯《しんし》な瞳も、世のことわりをいまだ知らぬ少年ではない。

ぞくっと震えがきて、妙な胸騒ぎに襲われる。

長い絹糸のような髪がリアンの細い肩を流れた。

「神仙と人間とが心を通じ合わせたとき、どうすれば長く一緒にいられるんだ」

硬い表情に思い詰めたような色を浮かべ、ソワムは真剣な質問を繰り返す。

「それは……。人間が練丹の修行に入るか、西王母の桃をいただくか」

リアンの答えに、ソワムが胸の前で両腕を組んだ。

「練丹とは？」

今度はジュンシーが答えた。

「内丹と呼ばれる気力の元を生み出すことだよ。これがなければ仙人の端くれにもなれない。この下腹のあたりに丹田と呼ばれる場所があって、そこに気を溜《た》めていくんだ」

「俺には、ないか」

「……ぼくはまだ人のことまでわからない」

断言を避けたのは判別の難しい問題だからだ。そしてソワムが獣人族であることも一因だろう。

「でも、よく食べるから、ソワムはただの人間だろう。仙人になれば食事の必要はなくなる。酒と少しの果実で済むんだから」

「肉も食べたいな……」

屋台のあいだに見える宿屋から、焼いた肉の香ばしい匂いが漂ってくる。一階は料理を出す店だ。

「あぁ、そうか」

ジュンシーがうなずいた。

「お師匠さま。鶏を買って帰りましょうか。蓮根《れんこん》汁を作ります」

「それはいい。ジュンジュンもまだ成長盛りだしね」

「……外でその呼び名は控えてください」

「おや、気づかずに聞き流すこともあるくせに」

肩をすくめて答え、ソワムを手招きで呼んだ。

「疲れただろう。山査子《さんざし》の甘露煮を食べようか」

ちょうど真横に屋台が出ている。串《くし》に刺さった赤い実が見えていた。

「……道士、疲れが出たか」

ふと、少年の声が沈んだ。不安げな気配はなく、思慮深さの表れのように思える口調で、ゆったりとした視線を向けられる。

「ふたりの生活の邪魔をして申し訳ない。三日後は新月だ。俺をそのときの姿に留《とど》めてくれたら、あの道宮へ寄進もする」

「寄進……」

出所を尋ねるより先、ソワムは身を翻した。先を歩くジュンシーを呼び戻し、山査子を買って休む算段をつける。

幼い背格好の少年を眺め、リアンは唸《うな》るように小首を傾げた。

桃園を荒らされた謝罪の手紙を送ったとき、西王母にはさりげなく呪いについて尋ねてみた。一ヶ月に一度、新月の夜にだけ若者になる獣人少年の話だ。返ってきた手紙は美しい筆跡で綴《つづ》られていたが、内容は不穏だった。

どこかの好事家が絵に描かせそうだとか、是非譲って欲しいだとか。美童とはひと言も書かなかったが、耳と尻尾を携えているというだけで価値はある。

「考えもしなかった……」

だからこそ、開明君にも知らせることができないでいる。

西王母にして興味津々なのだから、開明君なら目にしたその日に、ぺろりと平らげてしまうやもしれない。食べるが、比喩《ひゆ》のひとつとしても。

「道士、こちらへ」

駆け寄ってくる幼い笑顔にほだされ、リアンはほんの少し新月の夜が待ち遠しくなる。

どんな青年に変わるのか。一度ぐらいは見てもいいと思えた。

夕暮れが近づき、道宮の釣り燈籠《どうろう》から淡い光がこぼれ落ちる。闇夜《やみよ》の苦手なジュンシーは早々と就寝の挨拶《あいさつ》をして消えた。

ソワムの語る呪いについては、端《はな》から信用していない。

弟子から『酔狂』と呼ばれたリアンは、廟の広場の端に置いた、石造りの腰かけへ落ちついた。卓の瓶子《へいじ》を傾け、酒を杯に溜める。

あたりはいっそう暗くなった。

欄干の下方は漆黒に飲まれ、山影も定かではない。代わりに、仰ぎ見ずともきらめく無数の星が金銀砂子と広がっている。大きな椀を伏せたごとき半球の空は群青に深く、風はほどよく心地いい。

星明かりを映した美酒に酔い、次第に好奇心も遠ざかる。だが、息をすれば胸に、仙丹の熱がよみがえった。杯を両手で包んで転がり出た嘆息は、憂いたっぷりに濡れたくちびるを花とほころばせる。長いまつげが夜闇に揺れて、自分を呼ぶ声に気がついた。

なぜか、身体が動かせず、リアンはじっと星の海を見つめた。

視界の端には、近づきつつある提灯《ちょうちん》の赤い光。

ゆらゆらと揺れるさまは、まるでいつかの紅蓮のようだ。

背筋が震え、無性に泣きたくなった。卓の上で拳《こぶし》を握り、もう一度呼びかけられて、目を閉じる。

若い男の声だ。夢で見る、あの声。

「道士……？　……リアン。聞こえているか、リアン」

なにも答えられなかった。

道宮に出入り口はない。この山に登れる人間もいない。

だから、尋ねてくるのは、神仙か妖しか。

視界の端に揺れる明かりに目を伏せると、だれかがそばにしゃがみ込んだ。

「もう酔ったのか。珍しい」

片膝をついて背を丸めているのは、見たこともない若者だ。息を呑むほどに精悍《せいかん》で、彫り深く、濃いまつげにたくましい身体つきをしている。

だれと問いかけて、リアンは目を丸くした。

「……ソワム」

呼びかけに応じて、緑風のごとき瞳に笑みが浮かぶ。キリリとした眉も間違いなく彼の特徴だ。

「まさか、そんな……」

信じきれずに手を伸ばすと、柔らかな黒髪へ指先がもぐり込む。本来、あるべき場所に素肌の耳はなく、わしゃわしゃと這いあがった頭頂部あたりに毛むくじゃらで三角形の耳が立っている。

「ん……」

若者がくちびるを噛んでうつむく。獣人であることをたしかめたリアンは、なおも耳もこねまわした。少年の形《なり》でも触り心地はよかったが、青年へと成長するといっそう毛並みがいい。

「道士、その程度で……」

「耳、すごいね。尻尾はどうなっている？」

「え？」

怯《ひる》んだソワムはおずおずと立ちあがった。提灯をさげたまま、身体をひねる。着ているのはリアンのおさがりだ。ソワムの手が上衣をたくしめくると、改造した中衣からふんわりとした房が垂れていた。

「見事な」

リアンの手が包むと、銀光りする黒い毛並みがうねった。手の甲をかすめた感触のなめらかさにため息がこぼれ、つい興に乗って追いかける。両手で掴むと、またするりと逃げていく。

「意地悪をしないで、触らせておくれ。そうか、耳も尾もこんなに成長するのか」

「……道士、慣れぬから」

じりじりと逃げていくソワムの尻尾を、思わずぎゅっと力任せに掴んだ。

「んんっ……」

ほんのわずかに色めいた息づかいが詰まったが、リアンはなにも気づかない。さわさわと撫でまくり、頬を寄せようとして額を押しのけられた。

「道士！　見ての通りの若い身体だ。もてあそばれては、できる我慢もできなくなる！　ただでさえ……」

「ん？」

額を押されてのけぞったまま、ほろ酔いのリアンは無垢《むく》な瞳を向ける。

「ん？」

ソワムの眉根にぎりぎりと深いしわが寄り、重いため息がふたりのあいだへ転がり落ちた。その場の勝敗はぴたりと決まり、ソワムは黙ったままで尻尾を引きあげた。

額を押しのけた無礼を詫《わ》びようと片膝ついたが、しゅんとしたリアンに見つめられて困惑する。片方の姿形が大人へ変化しただけで、いままでの関係がまるで保てない。

「道士……。動物の尾がお好きか」

ソワムは真面目《まじめ》に問いかける。リアンも大人に対する口調で答えた。

「毛並みのよいものは好ましい」

「……呪いについては、信じてもらえたろうか」

「さぁ、どうだろう」

尻尾を引きあげられた鬱屈《うっくつ》をあからさまにして、リアンは卓へと頰杖《ほほづえ》をついた。花のかんばせをほの赤く染め、杯に残った美酒をあおる。

「ますます妖しとしか考えられぬ」

「それでもいいから、手を貸してくれ」

「と、いうと?」

「この際、呪われたままでもかまわない。……ここにいられるなら」

帰る場所を失っているのだろう。生い立ちについてなにも話さないのが証拠に思え、リアンはついと瞳を細めた。弟子がひとり増えたところで困ることはない。

ソワムはすでに仙丹を身に秘めた男だ。

「では、試験をひとつ。なにか芸をしてごらん。師匠を楽しませてこそ、山の生活は成り立つというもの」

「……うさんくさいな」

大人の形をしたソワムはぼやくようにつぶやいた。間違いなく本音だ。

「さもあらん。さぁ、やるか、やらないか」

瓶子の酒で杯を満たし、リアンは酔い任せの視線を若者へ向けた。

心がざわめき、あの仙丹の熱に触れたくなる。それを抑えるには、からかい遠ざけておくのがよい。

しばらくすれば欲求も収まるはずだ。

「では、俺の得意なものを」

ソワムはそう言って、提灯を片手に右側の小舎へ駆け込んだ。戻った手には、ぎらぎらと光る模造刀を二本抱えていた。普段、ソワムとジュンシーが剣術の稽古《けいこ》をするときに使用するものだ。

提灯を広場の隅へ置き、飾り房を垂らして両手に持つ。扉を閉ざした廟へ向かって、深々と頭をさげたのち、卓へもたれたリアンへ向き直った。

シャン、と涼やかな音が星明かりの夜に響く。

そこから始まったソワムの剣舞は見事のひと言に尽きる。軽やかに宙を飛ぶ足取りもあざやかなら、二本の模造刀をぶつけて鳴らす鈴のような音も星を散らしたかのように小気味よい。

背も腰位置もリアンより高く、足を高く伸ばして舞うたび形のいい脛《すね》が剝《む》き出しになる。ちびりちびりと飲む酒でいつになく酔い、うっとりとした視線で飛び散る汗を眺めた。

見たことのない剣舞、見たことのない男性美。

そして、懐かしさを感じるほどにすべてを、感覚だけが見知っていた。

おぼろげな記憶を摑もうとした瞬間、ソワムの剣舞は終わりを迎える。肩すかしにあったリアンは不満げにくちびるを引き結んだ。

見事な剣舞を称《たた》える拍手も忘れていたが、提灯のそばに模造刀を置いたソワムは炊事場から水を汲《く》んで戻り、リアンの足元にどさりと座った。

手にしているのは、持ち手のついた水差しだ。水を直接、口のなかへと注ぎ入れ、ごくごくと喉を鳴らして飲んでいく。

見えている部分の肌はすべて汗ばみ、濡れた髪が額に貼《は》りついていた。

「どうだった。満足しただろう」

にかりと笑いかけられて言葉に詰まる。素直にうなずけばいいものを、リアンはしらっとした顔で酒を飲んだ。杯を空にして、ソワムへと突き出す。

「そうでもないか……」

ソワムが苦笑いで引き受けた杯を、酒で満たす。落胆した様子はなく、額の汗を袖で拭《ぬぐ》ってからひと息に杯を飲み干した。豪快だ。

リアンはもう一度瓶子を傾けた。

「正直なところ、妖しの気配も呪いの雰囲気も、まるでない。……打つ手がないということだ」

「なるほど。ここ数日を見て言われるのなら、そういうものかも知れないな。生まれながらの特異体質とあきらめて、もはやこのまま……。それでも、俺はかまわないんだ。ただ、ジュンシーとともに修行をさせてもらいたい」

ソワムはまっすぐな瞳で言った。

「帰るあてがないんだね」

「そもそも、占いに乗じて追い出された身だ。特異体質のままでは戻るに戻れない。どうだろう、道士。剣舞で満足させただろう？　このまま置いてはくれまいか」

「……そんな横柄な弟子はいらない」

リアンはついっと顔を背けた。

「道士……」

膝立ちになったソワムが近づいてくる。

卓の上に杯を戻し、両手でリアンの大袖を摑んだ。

「そうは言わず、かわいそうだと思って……」

「幼い少年の形《なり》であれば、ともかく。いまは……」

言いかけて、リアンは言葉を飲んだ。

膝をつけば、これまでと変わらぬ背丈だ。しかし、顔つきは精悍な青年のそれで、じっと見つめてくる瞳は強い。射抜かれて、身体がひと息に熱くなる。

「妙な目つきだ、ソワム」

「……申し訳ない。年若いせいか、本心を隠すのが苦手で」

「うん？」

リアンは小首を傾げた。酔ってしまったせいか、頭がうまく働かない。

なおもソワムに見つめられ、耐えきれずに袖を奪い返す。

「やめなさい。なんだか、妙だ」

「……なぜ、修行を？」

ソワムの手はなおも袖を追ってくる。

「それは待ち人が……。待ち人、が……」

自分で口にして息を吞んだ。するりと出てきた言葉が続かない。

代わりにソワムが言った。

「いつ、どこで……出会った相手だろうか。もしかして、姿形も違う、別の人生で出会った相手では」

ひしっと注がれる目に追い込まれ、リアンは向こう側へ転がり落ちそうになる。とっさに立ちあがったソワムに背を抱かれ、片手首を掴まれながら顔を見あげた。

「なにのことか……さっぱり……」

首を振る仕草に怯《おび》えを滲ませ、リアンは逃れようと試みる。しかし、腰かけたまま斜めになっているので身動きが取れなかった。

リアンを見つめるソワムの目が急激に潤んだ。星を映したようにきらきらかがやいたかと思うと、すぐにもの悲しげな色を映して翳《かげ》る。

「その人のことを、どう思っていた……？」

低い声が唸るように問いかけてきた。手首を掴んでいる手が這いあがって指へ絡む。

リアンははっきりとうろたえた。色恋にうとい自覚はある。清らかな身体のまま地仙となり、だれに勧められても交合を求める気持ちにはならなかった。

それだというのに、いま、あきらかにひとつの熱が生まれている。ソワムの膝が押し当たるたび、足の力が抜けて両膝が開きそうだ。胸は早鐘を打ち、疼《うず》きが腰のあたりに生まれてくる。

「あ……」

誘ったのは自分だと感じた。

しっとりと酒に濡れたくちびるが触れて、背中を抱き寄せられる。目前には星がまたたき、身体は大きく波打って震えた。長い黒髪が闇になじんできらめき流れる。

「目を、閉じて」

ソワムの声が身に染みこんできて、戸惑いに怯えながらまぶたを伏せた。相手の手をぎゅっと握る。

やめて欲しくなかった。穏やかに重なり合うくちびるの感触はなまめかしくも爽《さわ》やかに甘く、リアンが初めて知る情感だ。肉をやわらかく吸われ、舌が忍び入る。

「ん……」

くちづけで息が乱れると初めて知り、まつげを震わせながら細い視野を開く。

そこにはたしかにソワムがいる。強く目を閉じた姿はなにかをこらえるかのようだ。まるで泣き出す瞬間のようにも思え、リアンはそっと指先で頬へ触れた。

互いの視線が絡み、ちりっと火花が散る。どちらからともなく深い息を吐いたのは、時

間の狭間《はざま》に迷う心地がしたからだ。

手を握りしめてくるソワムの手が震えているのに気づき、リアンはくちびるを離した。

「初めてだったか」

申し訳ないと思いながら声をかけ、慰めるように首へと腕をまわす。ソワムは目を見開いた。碧眼《へきがん》がきらりとかがやき、大きな笑い声が弾《はじ》ける。

思わぬ反応を見せられ、リアンの心は意味不明に乱れ跳ねた。

笑顔を愛らしいと思ったが、すぐにわからなくなる。

熱っぽく見つめられて身をすくませた。

銀光りする髪を一筋二筋隠したソワムの短髪の向こうに、月のない夜を彩る満天の星が降る。ひとつ、ふたつ、みっつ。頭上からこぼれ流れていく。

「こども扱いしないでくれ」

ソワムは深く息を吸い込み、力強く言ったが、リアンは首を傾げるばかりだ。

三百年と二十年。二人の生きた長さは、目に見えて違っていた。

2

仙丹を持つ身でも酒には酔う。翌朝に残ることもあった。

「それほど飲まれるとは珍しいですね」

師匠の酒好きを知っているジュンシーは、かいがいしく立ち動く。寝室の卓についたリアンの前に椀を置いた。鶏がらで作った汁物だ。

身体の不調はすべて気の乱れからくる。だから、滋養のあるものを食して瞑想《めいそう》をすれば、丹が整う。深酒の名残もすぐに消える。

「……たしかに、若者の姿だった」

匙を手にすると、ジュンシーの視線が開け放った戸の外へ向いた。

「酔って夢を見たのでは？」

そう言われてもおかしくはない。廟前の広場を掃き清めているソワムは昨日と変わらず、少年の姿のままだ。

器用に使っていても、箒はあきらかに長く、身の丈に合っていない。

そった。

「夢か……」

リアンはつぶやき、匙で温かな汁をすくう。くちびるへ近づけると、香辛料が食欲をそ
欲といえば……と考え、汁を飲んだリアンは目を閉じる。

今朝《けさ》、少年の姿に戻っているソワムを見たときは心底から安堵《あんど》した。

青年の姿を思い出すと、星降るなかのくちづけがよみがえり、胸は痛いほどの早鐘を打つ。丹力でやりすごそうと試みるほどにうまくいかず、不整脈寸前の苦しさがあった。

欲情とよばれるものがまだあったのかと気づけば、練丹の修行にと交合を勧めてくる開明君のしたり顔が浮かんでくる。閨房術《けいぼうじゅつ》といわれる仙術のひとつだ。男女限らず、陰と陽を組み合わせ、閨《ねや》ごとで気を練る。

もしも、くちづけのことが開明君に知られたら。

間違いなく、おもしろがって、次は閨房術をと押し切られるだろう。

ソワムの『呪い』はだれにも話せない。そんな気持ちになってうつむく。

身体がにわかに傾き、卓の端を掴んで支えた。ジュンシーは気づかず、櫛《くし》を手に取る。

リアンの背後へまわると、髪を丁寧にけずりはじめた。

「ジュンジュン。青年の姿をしたソワムの髪は銀糸のような髪が混じっていた」

「つまりは、白髪ですか」

「いや、違うよ。銀髪だ」

笑いながら答え、頬杖をつく。もう片方の手はへそ下へあてがった。丹田の場所だ。

目が覚めたときから落ちつかず、ことこと音が鳴るような気がする。

昨晩は夢も見ずに眠ったが、窓から差し込む朝の光に感じたのは、おぼろげな面影だった。忘れがたいと知れば知るほど、薄れた顔だちは消えかかる。

指を伸ばしても、朝光に舞うほこりのかけらにさえ触れられなかった。

「あまり考え込まれますと、お身体に障りが……」

弟子の気づかいに小さくうなずき、背筋をすっと伸ばす。

「わたしに解決してやれることではない。本人も、受け入れると話していた。それより、ここに残って修行がしたいと」

「それはぼくも相談を受けていました」

「では、かまわないのだね。それとも……」

「弟弟子ができるのは嬉《うれ》しいことです。けれど、ソワムは見目もいいし、聡明です。なので……」

「……そうか」

目を細めて戸外を見る。

掃除を終えたソワムは、短い手足をめいっぱいに使って拳法の型をさらっていた。足を上げて踏みおろすたび、衣服から突き出た毛むくじゃらの尻尾が揺れ跳ねる。

ジュンシーの心配は、リアンと同じものだ。

あまりに特異な性質を持つものは、すぐに神仙たちの知るところとなり、修行もそここに召しあげられてしまう。もしも、彼をここへ留めておくのなら、やはり開明君を取り込んでおく必要がある。

「お師匠さまがお決めになることに従います。ですが、すでにぼくにとっては友人のような存在です。学ぶところも多く、励みになります」

櫛を胸元へ片付け、ジュンシーは片手のひらへ拳をあてて片膝をつく。

「願わくば、彼の成長を見守るご決断を」

「……身寄りがないと聞けば、故郷へ捨てにゆくわけにもいくまい。特異な体質をうとまれての出国だろう。帰したところで、どんな目に遭うか」

もの憂く答え、リアンは目を伏せた。白皙の頬にまつげの影を落とし、しばらく考え、ゆるりと息を吐く。

「途中、あの子の気が変われば、それもよい」

「仙丹となるかは、また別の話ですしね」

ジュンシーは無邪気に言って顔をあげた。

思わず、びくっと背筋を揺らしたリアンは、すぐに穏やかな笑みを装った。しかし、指先には昨晩の感覚が残っている。

くちづけを交わしながら、最後には衣服の上から丹田を探った。どうしても、あの熱さをたしかめたくて、酔いに任せたのだ。

「成長を見守ってやらねば……」

どの口が言うのかと、込みあげる自嘲《じちょう》は押し殺した。

これではまるで開明君と変わらぬ底意地の悪さだ。自覚はしたが、神仙とはそういうものだった。

天上へ請われて、それを拒み、地仙となって三百年。雨ふらしを行と心得て過ごしてきたのは、なにかを、なにものかを、待ち続けた結果だ。

なのに、忘れてしまった。

やはり、忘れてしまった。

その人のためと望んだ不老の身を持ち、何百年とゆるやかに過ごして待ちながら、詰まるところは仙丹の疼きに勝てない。けれど、とリアンは思案の流れに竿《さお》を差す。

夢は、記憶は、せつなさは、桃園に倒れた少年を助けてからの巻き戻しだ。

思い出すことがいいのか、悪いのか。

思い出すべきなのか、否か。

吐息がこぼれ、頬杖をつく。椀を片付けるジュンシーが気づいているとも知らず、陽の光をぼんやりと目で追いかけた。


日の経つごと、ソワムの青年姿はおぼろげな記憶になった。

代わりに、リアンが見る夢のなかで、だれかは輪郭を持ちはじめている。

真っ赤に燃える景色を脳裏から追い出し、気持ちを整えながら観月台に座った。はるか遠く桃園へと雨を降らす胡弓の調べが、幽境の峡谷を覆う雲海に溶けていく。

暁の光は赤と橙《だいだい》を混ぜて薄めた甘い色だ。彼方に虹がかかる。

リアンは最後の弓を引き、伏せていたまつげを揺らめき開いた。ふぅと転げた吐息が、風の吹く観月台から落ちていく。けだるい浮遊感を微笑に隠して立ちあがった。

満月を迎えて、暦はまた新月へ向かっている。そのことを考えるたび、リアンはもの憂さに囚《とら》われた。心の翳りは丹を弱らせる。

かすみを食って生きると伝えられる仙人だが、実際は仙丹に貯まった神気が命の源だ。気が弱まれば、髪は乱れ、肌は乾き、起きあがることもできなくなる。洞穴のなかで数千年、結跏趺坐を解けもせず骨と皮になったとしても、不老不死の仙人には違いない。なれの果てよと笑う開明君の声を思い出し、リアンは丹田へと手のひらをあてがった。腰にさげた桃花双環の玉佩《ぎょくはい》が揺れる。

小舎のあいだを抜けた先の広場は静まり返っていた。廟の扉は開かれて、清らかな空気が絶えず循環する。

ジュンシーとソワムはふたり連れ立ち、町まで買い出しの用だ。つたない御剣の術で出かけることに及び腰だったが、ジュンシーの剣に術を重ねてやることで説き伏せた。

疲労困憊で帰ってくるのを想像しながら廟へ入り、リアンは静かな風の音へ耳を傾けて座る。瞑想を試みたが、胸の底が波打って収まらない。

夢の景色が思い起こされ、懸命になって描く輪郭がソワムの姿だと気づいた。

精悍でたくましく、明るくて聡明な、青年のソワム。

「はっ……」

嘆息が短く弾けて、身がよろけた。激しいめまいに襲われ、床へ両手をつく。汗が額からぼたぼたと流れ落ちた。

指先が激しく震えるのを見ながら突っ伏したのは、地に吸い込まれるほど肉体が重いからだ。整わない仙丹で宝具の胡弓を扱った反動にこれほど強く苛《さいな》まれたことはない。

倒れ込んでしまった身体は思うようにならず、どこもかしこも力が抜けていく。

どれほどの時間、そうしていたのかはわからなかった。

廟へ差し込む陽が動き、影に飲まれて目を閉じた。細い息をかろうじて整えると、丹田にじんわりとしたまどろみが生じていく。

よろめきながら居室へ戻り、寝台へ倒れた。

「お師匠さま……っ」

ジュンシーの若い声が響いたような気もしたが、定かではない。リアンは夢うつつに浅い息を繰り返す。

以前の彼ならあわてふためいて泣いたかも知れないが、ソワムを伴う兄弟子の自覚に支えられ、それ以降の声はささやきのごとく静かだった。粛々と身のまわりが整えられ、額に濡れた布が乗せられる。

ひんやりとした心地よさに気づいて細く目を開くと、ときにジュンシーが、ときにソワムがそばにいた。

表情はよく見えないが、どちらも多くを語らず、息を詰めて控えている。

「俺がいるせいだろうか」

あるとき、戸外の声が聞こえてきた。

「もう三日だ。人間なら医者にかかるのでは」

ソワムの幼い声に、ジュンシーが答えた。

「……神仙には神仙の病がある。おそらくは仙丹が弱っているんだ。理由はいくつか考えられる。それこそ外道の術を飛ばされたとか、妖しの邪気に触れたとか……」

「これまでにも、そんなことが？」

「看病をしないと」

「兄弟子！」

凛《りん》とした声が呼び止める。ジュンシーは覚悟を決めたのだろう。わずかな沈黙のあとで口を開いた。

「桃園になにものかがまぎれ込めば、管理の役を仰せつかっている仙人が咎《とが》を負う。清浄を取り戻すため、仙丹に貯められた神気が流れてしまうこともある」

「そんなことが？」

「あった……」

「そのときはどうして治した。待つしかないのか」

「昨日、開明君へ手紙を書いた。二、三日のうちに来てくれる」

「その神仙であれば、治療ができるのか。もっと早く来られないのか。どうして！」

ジュンシーがどう答えたものかはわからなかった。

寝台に横たわったリアンの呼吸は浅く、目もかすんでいる。夢と現実が入れ替わり立ち替わり、起きているのか寝ているのかもわからず寄る辺もない。

リアンが倒れると、道宮のある山頂は曇天に包まれ、日が差さなくなった。吹く風は冷たく、少年たちは一枚多く着込んで日々の行に励む。

一日三回だった清掃を五回に増やし、絶えず場を清めて保とうと努力する。

弱った身体を狙《ねら》う妖しを寄せつけないよう、日に三度の声明を響かせ、錫杖《しゃくじょう》を鳴らす。

少年たちの幼い身体ではふたりがかりでも大変なことだ。特に、ソワムは修行を始めたばかりだった。

「もうじき開明君がいらっしゃいます。お気をたしかに」

泣くのをこらえた弟子の声で、リアンは自分が相当に弱っているのだと気づく。もっと早くに連絡を入れたとしても、神仙が知らせを受けて動くには時間がかかる。

瞬時に飛んでくるのは、雷帝や竜族の類いの短気でもあった。いかに雷を操る開明君だとしても、彼の神気を乱す早さではやってこない。

すべては気の流れだ。それが肝要なのだ。

もの思いに遮られて滞りを持ってしまったことで、リアンは半醒半睡《はんせいはんすい》のありさまとなり、伏して起きられない。

もしも目がはっきりと見え、ジュンシーの姿を捕らえることができたとしたら、リアンの心痛はいっそう深くなっただろう。少年の目の下には黒い縁取りのような隈《くま》ができ、相当に憔悴《しょうすい》している。

それは、ソワムも同じことだった。

リアンの身体が燃えるように熱くなれば水を汲んできて布を濡らし、震えるほど凍えれば布をいくつも重ねて全身をさすった。ソワムの身体の幼さが、まだ他人に面倒を見てもらう年齢であることに思い至れないことも、リアンにとっては不幸中の幸いだ。

いまとなっては、どちらの弟子の苦労も師匠を苛む。

「ソワ……」

喉から声を絞り出すと、乾いた足音が駆け寄ってくる。

「はい、道士」

寝台のそばに気配がして、リアンはそろそろと指を這わせた。

「ここへ……。尻尾を」

触らせて、とまで息が続かない。しかし、ソワムは動いた。寝台に乗り、尻尾を動かす。ふわりと空気が動き、毛並みが指先を撫でる。

リアンは小さく細い息を吐いた。自分から摑むほど気力はない。それでも、やわらかく揺れ動く毛並みに癒《い》やされる。

「道士。……俺が、あの桃を食べたせいだ」

小さな声は問わず語りだ。

「あのとき、どうしても、と思った。……あの桃をかじれば、会える気がしていた」

ソワムの尻尾がパタンと動いた。先端がするりと布をかきわけ、リアンの手首から肘先《ひじさき》を温める。

「だれに、だったろうか」

少年の独り言は、薄闇の部屋に溶ける。

「異国の神仙じゃない。……リアン。俺はあなたを……」

身をよじらせた気配。指先が白い額に触れて前髪をたどる。

「早く元気になって」

尻尾の肌触りに気を取られた隙に、額へくちびるが押し当たった。それは幼い少年のくちびるだ。けれど、大人びた憂いを帯びている。

リアンは目を閉じて、なにも答えなかった。深い眠りへ誘われて、もの思いさえもが途切れていく。

夢を見るのがこわかったが、いつかは正体を知るというのなら、それが運命だろうとあきらめる。

指から手のひら、肘先が温まり、だれかに髪を撫でられた。


翌朝。爽風潔《そうふうきよ》く流れ、山を包む鈍雲が四方八方へと散開した。

淡い光が広場へ差し込み、剣にも乗らず、ひとりの男が舞いおりる。

波打つ髪は銀白のきらめき、かんばせは月夜の光をすべて集めてもまだ足りないほど清《さや》かに整っている。上衣下裳に重ねた紗衣《しゃぎぬ》は風に動くたび、玉虫色の照りを見せた。

この美丈夫が開明君。武神としての誉れも高く、地ではさまざまに信仰を受ける。

「お呼びだてして、申し訳ありません」

ジュンシーが拱手《きょうしゅ》の礼で迎えると、早くも視線はリアンが眠る小舎へ向いた。

「これほどの大事もない。先の桃盗みが原因だろうが、ずいぶんと反動を受けたな」

「やはり、それが原因でしょうか」

「……そうか」

片手を腰の裏へまわし、もう片方の手に羽扇を持つ。青白いほどの白羽を閃かせた。

「盗人を住まわせているんだったな」

「お言葉ではありますが、彼はまだ幼く盗人とは呼べません。お師匠さまが情けをかけて、ぼくの弟弟子にと……」

「ほぅ」

切れ長の瞳を細め、開明君は口元を隠した。

「まずは、その子を検分しよう。連れておいで」

そう言って、小舎には向かわず、すたすたと欄干手前の卓についた。

ジュンシーは緊張した面持ちとなり、ソワムを呼びに走る。廟へ向かって右にある炊事場で控えさせていたのだ。

「名はダナ・ソワムと申します」

仲立ちしたジュンシーは、向けられた羽扇に気づいて、ぐっと押し黙った。開明君の瞳は、年のころ五つの少年へ向けられる。

臆《おく》することなく直立したソワムが緊張しているのは、早くリアンの治療にあたって欲しいからだ。奥歯を噛んで黙っていると、開明君の頬がゆるんだ。

「耳有族《じゆうぞく》の子とは珍しい。ジュンシーは知るまい。昔はそう呼んだものよ。耳のよい彼らを耳有り族と書いて『耳有族』。人間のように劣った耳を持つ者は『耳無族《じむぞく》』といった。耳有族は聡明な一族だ。争いを避け、自分たちならば暮らしを立てられると、このあたりの土地を譲って西の果てに流れた。……して、本性は？」

開明君に問われ、少年ふたりはおどろいた。小さく飛びあがって顔を見合わせる。

ソワムは勢いづいて答えた。

「わかるんですか？　本当は二十歳で、新月の夜にだけ、元の姿に……。この呪い、解く方法はッ！」

開明君は微苦笑でかぶりを振った。

「ひどく複雑な因縁だ。わたしにはとても解けまい」

「……修行をすれば、いつかは叶うでしょうか」

「さて、どうかな。猿の化身も竜の化身も昇仙叶ったが、本性は変わらぬものが多い。さりとて、不老不死を目指してみるのも悪くはなかろう。育て甲斐《がい》のある内丹は持っているのだから」

羽扇の先でソワムの丹田を示し、開明君はゆっくりと立ちあがった。爽やかな風が吹き、白檀の香りが流れる。

「ジュンシー。よくぞここまで清浄を保った。並みの苦労ではなかったろう」

数日の苦労をねぎらわれ、年長の少年はびくりと背を震わせた。手のひらに拳をあて、拱手の礼で頭をさげる。

「師匠はすぐに快復する。待たれよ」

その言葉に、ぽたぽたと涙をこぼした。


戸外でのやりとりはなにも聞こえず、寝台に横たわるリアンには来訪の気配だけが感じられた。窓から差し込む陽光がなによりの証拠。白檀の香りとともに玉虫色の美しい紗衣が近づいてくる。

「弟子に苦労をかけるとは、ろくな師匠ではないな」

開明君のなめらかな声に、リアンはうっすらと微笑んだ。口も利けぬとわかると、身体をくるんだ布が剝《は》がされた。

深衣のみの無防備な姿に羞恥《しゅうち》を覚える余裕もなく、開明君の指が丹田へ。温かな神気は硬質だが、急かずに送られればリアンの身にもなじむ。

「このようになるとは……」

ようやく声を発し、リアンはけだるく息をつく。青ざめていた肌に色が戻った。

「桃を盗まれた落ち度があるとはいえ……、修行が足りませんでした」

身を起こすのを手伝われ、平たい杯を渡される。ようやく甘露水が飲め、全身に気力が巡った。

「桃をかじられた程度で、雨ふらしの仙が寝込むかね。千年万年秘蔵の蜜桃《みつもも》を盗られたならまだしも」

「そのようなものに獣人の子が触れられましょうか。……お会いに？」

視線を向けると、リアンの手から杯を取って卓に置く。戻って、寝台の端に腰かけた。

長い銀白の髪は半分ほどあげ髪にまとめ、繊細な細工の冠と簪《かんざし》が挿してある。

「リアン。かじられたのは、そなたの丹よの。魂魄《こんぱく》の『魂』」

言葉が届いたのとほぼ同時に、リアンの身体から力が抜けた。くずおれていく肩を抱かれ、不安でいっぱいの瞳を向ける。

長いまつげが清楚《せいそ》に震えるのを見て、開明君の口元がかすかに歪んだ。

「……ここまで、手を出されずにきたものを。どうだ、リアン。諾《だく》とうなずけば、すべての謎《なぞ》を解いてやろう」

指先が白い深衣の上をたどり、下腹へと伸びていく。

「否」

リアンはかすれた息で答えた。

神仙の求めに答え、閨房の交わりを行えば、仙丹は目覚ましく極まって練られる。かつ、乾きと疼きを満たす最高の快楽まで味わえるのだ。

知っているが、求めたことも、求めに応じたこともない。

「強情者」

男の声はどこか恬淡《てんたん》としている。

「このままでは魂魄分かれて仙丹が枯れる。身が朽ちれば……」

あとは死ぬのみだ。

ひしっと神仙を見あげ、リアンは最後の力を振りしぼった。持ちかけられる交換条件に身がすくみ、それだけはと拒む。

けれど、いま、ここで組み敷かれたら、為《な》す術《すべ》はない。

「そもそも、そなたの丹には瑕疵《かし》がある。だからこそ、天へ昇って役目を果たせと請われたのだ。……不老の桃を食《は》むことでごまかしは利いたが、こうなっては崩壊も近い」

「死にますか」

「輪廻《りんね》の外へ出るぞ」

ひたりとした声色に、リアンは息を呑んだ。めまいがして、目の前のたくましい胸にすがりつく。けれど、少しも安心しなかった。

首を振り、髪を波打たせて身をよじる。

「開明君……わたしは、……わたしは」

くちびるがわなわなと震えて、奥歯を噛んでも滂沱《ぼうだ》の涙が流れる。

「なぜ、思い出さない。すべてを拒んで選んだものを、どうして忘れるのだ」

両肩を揺さぶられ、泣きながら身を引く。言葉の意味は理解できなかった。開明君はいつも、こうやって謎かけのような話ばかりをする。

「とにもかくにも、選ばなければならない。いや、選ぶ猶予もない。閨房術だ」

開明君はいきなり宣言した。

「わたしを拒むなら、あの耳有族の子。新月には若者になると聞いた。あれを誘いこめ」

「そんな……」

「上手くいけば、本人が呪いだと思っている特異体質にも変化があるやも知れぬ。……そなたがこれほど弱っていなければ、わたしがあの子を抱いてもいいが……」

「……節操のない」

リアンはいつもの調子を取り戻し、涙を指先で拭った。弱気を捨て、美丈夫を睨《にら》みつける。ひたとした視線を受け、開明君はもの惜しげに目を細めた。

「巡り会うまで守り通した純潔だ。よい初夜を」

軽い口調でからかわれ、開明君の気を分けられて持ち直したリアンは憤る。

「余計なお世話です。閨房の術は、あくまでも陰陽和合の術。……将来のある若者に、婚姻の契りを迫るようなことはしません」

言葉の裏に、あなたではないのだから、と嫌味を含め、ふぅっと息を吐き出した。対する開明君は冷笑を浮かべる。

「耳学問がどこまで通用するか。もし、しくじれば、千里眼で気配ぐらいはわかるからな。……そのときはあきらめて、わたしを受け入れることだ」

「否」

もう一度、鋭く答えて首を振る。素肌に身につけた深衣の合わせを握りしめ、じりじりと距離を取った。

「ジュンジュンに湯の用意を頼んでください。着替えますから、退室を」

追い出しの声をかけ、開明君が立ちあがったところで耐えきれずに問うた。

「……やはり、ソワムはかりそめの姿ですか」

大袖をさらりと翻し、開明君は羽扇で口元を隠す。ところかまわず神雷を呼ぶ宝具だ。

「人を恋うて虎《とら》になる者あらば、過去を求めて子狼になる者もいよう。不思議はない。リアン、ここが正念場とわきまえて、いまこそ心眼をひらくことだ」

年長者の声色は優しくも厳しく、リアンを心底深くから揺さぶった。

さまよい見続けた夢の景色がよみがえり、両手の拳を強く握りしめる。

この身が朽ちても、魂を喪《うしな》うわけにはいかない。巡り巡って幾星霜。炎に焼かれながら再会を誓った男に会うまでは、この記憶を胸に生きていかねばならない。

いま、想いがよみがえり、リアンは両手で顔を覆った。

開明君が去ったあとの部屋には白檀の香りが残り、ジュンシーを呼ぶ朗らかな声が聞こえた。


誘えと言われて誘えるほど、簡単な話ではない。

落ちつかずに時を過ごしたが、ジュンシーもソワムも病みあがりのせいと片付けて気づかってくるばかりだ。本当のことを知れば、どんなに冷たい一瞥《いちべつ》が向けられるか。

精巧な刺繍の施された長衣の胸元へ、ほっそりとした指先をあてがい、リアンはもの憂い嘆息に沈む。

空は茜《あかね》の夕映えで、東には天鵞絨《ビロード》のごとき夜が広がりはじめている。

「お師匠さま。これにて部屋へ戻ります。あとのことは、どうぞソワムにお言いつけください」

あたふたと近づいてきたジュンシーは、答えるのも待たずに一礼して去る。その背を見送り、気の抜けた師匠は息を呑んだ。

なるほど、もう新月の夜が巡ってしまった。

欄干のそばの卓からあたりへ視線を配ると、軒に揺れる釣り灯籠がおのずから明かりを孕《はら》む。

ソワムはどこにいるのか。探そうと立ちあがり、動けずにまた腰かける。

事情を話せば、きっと手伝いをしてくれるはずだ。しかし、これが師匠と新弟子のおこないとは思えない。破廉恥極まりないと心が臆して、酒を求めた。

ふらふら炊事場の小舎へ足を踏み込むと、まだ少年のなりをしたソワムが振り向く。

「今夜は燗《かん》をつける。身体を温めればよく眠れるはずだ」

小さな三角の耳は跳ね起きて、壁に伸びた影にもふたつの尖《とが》った山がある。尻尾はさわさわと左右に揺れている。

戸口に立ったリアンは、人知れずに躊躇《ちゅうちょ》した。

閨房術。つまりは性的な交渉だ。

生きるか死ぬかと追い詰められ、それしかないと助言を信じたが、果たして真実であろうか。開明君に担がれている可能性は十二分にあり、あとあとで笑いものにされる可能性も無ではない。

しかし、リアンの身のうちに秘めた丹に瑕疵があることは現実だ。分けられた気力は丹田にとどまらず、日に日に抜け落ちる感覚がして不安になる。

雨ふらしの役目もしばらく果たせていない。

「どうされた、道士」

幼いソワムが無邪気に振り返り、一歩、二歩と近づいてくる。

「いや……、今宵《こよい》は新月……姿は……」

「あぁ、もうじきだ」

そう言って、手のひらを木綿の衣服へこすりつける。

「日が落ちてしばらくすれば、身体がむずむずしてくる。……服を脱いでおかないと」

くるりときびすを返し、手早く燗酒の準備を続ける。高慢さが見え隠れする言葉づかいも、幼いソワムが使えば愛らしさが残った。実情はかいがいしくも勤勉な少年だ。

戸棚の高い場所にある杯を取ろうとしているのに気づき、リアンは横から手を貸した。

「これ、かな？」

「自分で取る」

ふいっと顔を背けたソワムは足台を取って戻る。それでも手が届かず、横顔には憤りに似た硬直が見えた。

「なにを、そんな……」

笑ってしまいながら、ひょいと杯を取る。渡しながら身を屈め、不本意そうな表情を覗き込む。なめらかな黒髪をそっと撫でた。少年のなりをしているとき、彼の髪に銀髪は混じらない。

「自分で取れたのに！」

両手で杯をしっかり持ち、ソワムは床へ飛びおりた。そうすると、背丈が足台の分だけ低くなる。気づいてもう一度、足台へ乗った。

「こども扱いをしたわけじゃない」

リアンの言い訳を聞き、ソワムはいっそう鋭い眼差《まなざ》しで睨んでくる。

「なりがこれでは、仕方もない。でも……」

珍しく言い淀《よど》み、黒々としたまつげを伏せる。パチパチとまばたきをして、視線をさまよわせ、またリアンへと戻してきた。

「開明君とはどういう……」

「え？」

「……どういう関係……だから、その……」

言い淀む言葉の意味が摑めず、リアンは首を傾げた。長い髪がさらさらと肩を流れる。

ソワムは視線をそらさなかった。まっすぐにリアンの瞳を見つめ、その奥を覗き、思い詰めたような口調で言う。

「あの日、抱き合っていただろう……」

「見ていたのか」

バツが悪くて声高く笑ったが、ひたと見つめてくる大きな瞳はまばたきさえしない。リアンはいたたまれなくなって、彼の肩へ手を乗せた。

「違う。それは、誤解だ」

「説明を求めたい」

「……説明？」

「なにをしていたのか」

見開かれた目の縁をうっすらと紅く染め、ソワムの頰が引きつる。怒っているようにも拗ねているようにも見え、リアンの胸にじんわりとした温かさが生まれてくる。

それは幼い嫉妬であったが、リアンにはわからない。わからないながらに、潔癖無垢な情の深さを感じている。

「仙気を分けてもらっただけだ。ただ指先を当てて」

「どこに」

「丹田。衣服の上から、こうして」

肩に手を置いたまま、もう片方の手をソワムのへそ下へ伸ばす。あてがうと、互いの身体がビクッと跳ねた。ハッと息を呑み、飛び退《すさ》る。

その瞬間、杯を守ろうとしたソワムが足をすべらせた。リアンは即座に体勢を戻し、彼を引き寄せる。大袖に抱きくるんだ。

腕にすっぽりと収まる少年の髪が頬を撫で、リアンはひととき目を閉じた。

身体が芯から燃えてきて、猛烈なほど、青年のソワムとのくちづけがよみがえる。

おそらく、開明君は知っていただろう。神仙は千里眼だ。見ようとすれば、どんなことも暴いてしまう。

その上での閨房術と言うのなら、よほどの譲歩だ。機会をうかがってきたに違いない開明君が役を譲り、現れたばかりのソワムへ任せようとしている。

「……リアン、変化の気配がしている。燗酒を持って、外へ」

ソワムが身体をよじって離れていく。早くも上衣を脱ぎ捨て、下衣にも指をかけた。いつまでも眺めていたい気分で膝をついているリアンに気づくと、肩越しに小さくため息をこぼす。出ていけとは言われなかった。

一糸まとわぬ姿になったソワムの身体には毛並みのいい尻尾が一本ぶらさがる。そして輪郭が青白い発光を始めた。

まるで雷を孕んだ雲のように、パチパチと小さな火花が散る。それは身の外で起こり、内で起こり、音もなく少年を青年へ変えていく。

ソワムはのけぞり、両腕を空中へ差し伸ばした。

蝶《ちょう》がさなぎの殻を裂いて抜け出すように、矮小《わいしょう》な偽りの殻を脱ぎ捨てる仕草にリアンは見惚《みと》れた。そうしている間にも、引き締まった背中と肩甲骨が現れる。

振るった髪には銀糸が混じり、艶やかな黒い三角耳が立つ。

リアンはすぐに外衣を脱いで、彼の裸体を隠すようにかけた。

「着替えておいで」

かけた声を他人のもののように聞き、さっと消えた背中から目を背ける。

燗酒の用意を続けようとしたが、指の震えに気づいて動きを止めた。指先をギュッと握りしめる。胸の動悸《どうき》は激しさを増して止まらず、息が浅くなって苦しい。

迎え入れたばかりの新弟子を、身寄りのない少年を、閨房術へいざなうなど外道のすることだ。けれど、開明君は見透かしてしまった。

ソワムは成人した青年で、兄弟子とは比べられないほどの仙気を蓄えている。これほどの適材はおらず、彼以外をリアンが選ぶはずもなかった。

「なぜ……」

張り裂けそうな心臓を衣の上から押さえ、吐き出した息が甘く転げる。

炎のなかで交わした、遠い昔の記憶が脳裏を刺す。

彼にも三角の耳があった。とりわけ耳がよく、遠くの音を聞き分け、胡弓の音階を見事に奏でた。

無二の親友は、心ひそかに慕った恋人だ。耳有族と耳無族の許されぬ交流のなかで、戦乱に巻き込まれ命を支え合い、互いの恋慕を告げたときにはすでに火の海に落ちていた。

あれから何百年。尽きぬ恋慕の苦しさに耐えかね、リアンは彼を忘れていった。会えば思い出す。そう自分に言い聞かせて。

恋路は苦しい。幾たびも生まれ変わって記憶を失うぐらいならと、仙丹を練る修行へ入った。だが、天にもあがれず、いまは命も危うい。恋の記憶が枷《かせ》となるからだ。

「まだ、いたのか」

ソワムの若々しい声がして、外衣が返される。

袖を通すのを当然のように手伝うソワムは、リアンの長い髪を襟の後ろから丁寧に抜き出した。

それが妙になまめかしく、熱のこもった感情を呼び起こす。

なにも考えずに身を委《ゆだ》ねれば、抱き寄せてもらえそうな気さえしてくる。

ソワムは陽の気が強く、リアンは陰の気が強い。男性同士であっても、陰陽揃えば和合は叶う。

「今夜は飲もう。松の実を買ってきたんだ」

はにかみを浮かべたソワムは早口だ。外衣を着ていないので、膨らんだ尻尾がふわふわと左右に揺れる。リアンの気は削がれた。

「……小さいなりをしていると、恥ずかしげもないことを口にしてしまう。浅慮になるんだな」

盆の上に酒の準備を整えたソワムが言う。

「嫉妬だ。……神仙というものが、あれほどの男振りとは思わなかった」

ちらりと向けられた視線に、リアンはあっけなく射抜かれた。

じわりじわりと胸が疼き、この青年が夢の男であればと願う欲に溺《おぼ》れる。それが真実でなかったとき、傷つくのはどちらなのかもわからず、暗い道を歩く心地でまばたきをした。

もしも、ソワムが彼であれば、自分は恋を取り戻すのか。

彼に記憶がなくても、心願を成就させるのか。

それは、偽りの恋ではないのか。

ふいに思いが乱れて泣き出したくなる。求めて、求めて、求めて。不老を得てまで求めて。まだ道に迷う。

「道士。……若い男の血迷いごとだ」

ソワムが盆を手に戸口へ向かう。リアンはふらりとあとを追った。

身の慰みも求めずに生きてきたのに、こんな月のない夜に心が揺れる。

あの人でなければ契りは求めないと心に決めた、おのれの直情に責め立てられ、提灯を手にして観月台へ座った。一面の星空だ。黒々とした暗幕に散りばめた金銀砂子は、風に揺すられ地にくだる。

小さな杯に注《つ》ぎ分けた酒は温かく、酒に慣れているはずのないソワムはすぐにほろ酔いになった。足を崩して腕を投げ出し、空を見あげて詩を吟じる。

若い声は甘く響いた。

「……神仙が食えぬ存在だと、わかった」

ふいに目を据わらせて言う。開明君のことに違いない。

リアンが寝ついているあいだに、いったい、どんな会話を交わしたのかと不審に思う。

「やはり、大人のなりでいなければ」

「あの方を相手に敵対心など、持つだけ無駄というもの」

「……勝てないからか」

キッと鋭く睨まれる。血気盛んな反応にリアンの頬はほころんだ。

「いま、自分で言ったではないか。食えぬと。……本心を摑めたことはない」

「口説かれたことは？」

杯の酒を飲み干して、ソワムはくちびるを歪めた。若い嫉妬を全身に滾《たぎ》らせ、詰め寄ってくる。

「まさか。神仙の戯れだ」

「……相手をしたとは思わない。思うものか」

チッと舌打ちが響き、リアンはおどろいた。目を見開くと、拗ねた若い瞳がそこにある。

「俺は……、外の美しさとは、内から滲むものの表れだと思う」

「いかにも。きみの素直さは、容姿にも現れている」

「俺の話じゃない」

「うん？」

酔いを感じながら首を傾げる。

「……あなただ」

ぷいっと背けた首筋がほの紅くなっているのを、床に置いた提灯の明かりのなかに見る。

確認しようと近づけば、ソワムの身体は素早く離れた。

「逃げるな」

リアンは鋭く声を返した。

「……急に近づくからだ」

「きれいと言っておいて、逃げるとは、なにごとか」

「酔っているな」

「いや、酔っていない」

首を振って杯を摑む。その手をソワムに押さえられた。

「もう、これぐらいに。深酒は明日に残る」

「一人前の口を利く」

ふっと笑ってからかうと、相手の動きが止まった。まじまじと見つめられる。

恥ずかしくなるのはリアンのほうだ。あたふたと身を引いて、円座の上に座り直す。襟を直し、杯に満ちた酒を飲む。

視線はまだ注がれている。いやらしさや不躾《ぶしつけ》さは感じられないが、熱っぽさは相当のものだ。ソワムが言った。

「俺が桃をかじったせいで、身体を悪くしたんだろう。だれも責めてこないのが、いっそうつらい。……このままでは良くならないのでは？」

「開明君に言い含められたか」

リアンはかすかな酒気帯びのため息をつく。

「手を貸せと、ひと言」

「……わたしの仙丹には、そもそも傷がある。過去の記憶を引きずって、決して忘れないように印をつけた」

遠くを見つめていると、言葉は自然に溢れた。それがどこへ繋《つな》がるのかは理解している。

酔いに任せ、リアンは続けた。

「生きながらえねばならない。巡り会う約束を果たすまでは」

「……もし、目の前にいて、それとわからなかったら？」

「ありえない」

潤んだ瞳で振り向き、リアンはため息をつく。ソワムが言った。

「俺が、その相手だと言ったら？」

信じるのかと試されて、頬をゆるめて微笑んだ。ひたむきな若い視線に、色香の甘さが混じる。惚《ほ》れられていると思えば悪い気はしない。

憎からず思っているのだ。あのくちづけを交わした新月の夜から。

もう一度、と願ってきた。

けれど、それは過去を裏切る行為かも知れない。

ソワムの言う通り、目の前にいて気づかない可能性はある。考えれば、そら恐ろしいことだ。

「……信じよう」

思うより先に言葉がこぼれた。

ハッと息を呑んだのは、心の内だけだ。外面は平然としたまま、リアンは空になった杯を差し出す。ソワムが酒を満たしてくれる。ふたたび口をつけると、すでに冷めた甘い味が舌に乗る。

真剣なソワムの眼差しに応え、彼にも酒を勧める。

飲み交わし、盆の上に杯を戻す。

「……その過去の記憶、薄れているんだろう」

図星を指され、リアンは素直にうなずく。

「だれかを身代わりにして納得しようとは思わない」

「……俺はいいのか。その男、俺と同じ耳があったんだな？」

ふいに尻尾が動き、床を叩《たた》いた。酔ったリアンは手を伸ばす。

撫でても逃げず、手のひらにも簡単に摑まった。

「身代わりとなるつもりはない」

ふたりのあいだに置かれた盆を押しのけ、ソワムがにじり寄ってくる。

「思い出すまでゆっくりと……。付き合うまでだ」

毛並みを味わうのに夢中になっていたリアンは、ぼんやりとソワムを見た。年下だというのに、彼といると気持ちがゆるむ。なにもかもを任せて、くつろいでいたくなる。

「なに？」

聞いていなかったと問うたが、ソワムは肩をすくめただけで繰り返さない。

視線が絡んで、肩を引かれる。くちびるが触れそうになった瞬間、リアンは言った。

「……閨房術を試そう。……そう。……きみの、ために」

くちびるを嚙んで身を引く。ソワムの顔が見られず、視線は宙をさまよう。

「閨房……というと閨ごとだな」

「交接までいかずとも、極まれば気が高まる」

「うん？　こうせつ？　つまり、なんだ？」

本当にわからないのかと凝視したが、首を傾げるソワムの反応は本物だ。

リアンは真っ赤になってうつむいた。我ながら不得手な反応だと思ったが、仕方がない。

「そ、挿入は、しない……ということだ」

「へぇ。それで、そういうことは、だれから教わるのか。聞いておきたいな」

急にソワムの声が低くなる。嫉妬の気配におどろいたが、答えないわけにはいかない。

「文献だ……。開明君には耳学問だとバカにされるが、ここまで純潔は守ってきた……だから。……ソワム？」

おとがいを指で持ちあげられ、真っ赤に火照《ほて》った顔がさらされる。

「俺が止まれなくなって、純潔を汚したら、一大事だと思わないのか」

「え？」

「その気になったら、止まれない。それが若さというものだ。……知らないのか？」

「わ、忘れた……。そういうことは、経験が、ない」

「……リアン」

眉間に深いしわを刻んだソワムは、何度か深い呼吸を繰り返してから言った。

「くちづけも初めてだったろう？」

「え……。それは、お互いさまじゃないか。……と、年下のくせに」

「ん……」

ぐっと押し黙ったソワムの視線が逃げた。

「まさか」

尻尾をギュッと握りしめる。ソワムが飛びあがった。

ふたりして均衡を失い、観月台へ倒れ込む。

「くちづけぐらいは……」

ソワムが小さな声で答える。リアンはその胸へ乗りあげた。

「先は？」

勢いよく尋ねると、頬に手のひらが当たる。

「絶景だ……」

夢見るような瞳に見つめられ、思わず頬を叩き返した。パチンと高い音が鳴る。

「訊《き》いている！」

「叩くことはない！」

驚嘆して目を見開いたソワムが大声を返してくる。

「だって……っ」

息を吸い込むとリアンの片頬が膨らんだ。

「かわいいところも、おありだな。年上でも……」

「愚弄《ぐろう》するな」

「……とんでもない。心底、敬愛している」

笑みを含んだ穏やかさで引き寄せられ、リアンは戸惑いながら頬を撫でられた。

「それは嫉妬だ。道士、ご存じか」

「知らぬ」

くちびるを引き結んで、手のひらから逃れようと首を振る。けれど、叶わなかった。

近づく息づかいに求められ、身体はにわかに硬くなった。抱き寄せられて、後ろ手に身を起こしたくちびるが近づいてくる。

ほんのわずかに躊躇しても、結局は受け入れてしまう。くちびるが軽く触れ合った。

「もうだれもいらない。あなたを知れば……ほかには」

若い男の息づかいに肌を愛撫《あいぶ》され、目を閉じることさえこわくなる。

閉じれば、記憶は一致するだろう。直感がリアンを揺さぶった。

けれど、それを知りたくない。

すべての証しを並べ立てる前に触れたかった。なにも知らないまま、気づかないまま、過去も未来もないふたりの本質を探りたい。それが本能だ。

「本当に、いらないと言うのか。本当に？　……裏切っては、いけない……。ソワム。きみの仙丹の気だけが、わたしを満たすのだから」

その場限りの若い口説きと知っていて、リアンは言葉を返した。年甲斐のなさに心細くもなったが、満天の星を映す瞳には勝てない。

ソワムの上からおりて、衣服を整え立ちあがる。

広場へ続く道へ向かう途中で振り向き、手を差し伸べた。

「……こちらだ。ダナ・ソワム」

白い指が震えるよりも早く、提灯だけを持ったソワムが近づいてくる。手を返されて提灯を受け取った。リアンはしずしずと歩く。小舎と小舎のあいだを抜けて、広場を過ぎる。薄雲が空を渡り、清かな光さえ途切れた。

居室の戸を開けて、ソワムを入らせる。肩越しに振り向いたが、道宮の中心は風ひとつ吹かず静まり返っている。

戸を閉じて、かんぬきをかけた。

「リアン。ひとつ、話を聞いてくれ」

寝台までいざなったソワムから言われ、リアンは並んで腰かける。

「砂楼国に伝わる話だ。俺のように呪われた身体は、百年に一度現れる。無事に成人を迎えれば国の外へ出し、解決の糸口を探す。見事に解決できれば、国はなお繁栄する」

「大人の姿を得た者がいるということ……」

「俺ひとりが担がれていた可能性もある。……特異体質は、神の恩恵でもあり、一方では悪魔の呪いだ。国を二分しての宗教戦争になりかねない。あの国は情操によって保っているから。今度も……」

寝台に置いたリアンの指にさわさわと尻尾が触れてくる。指先で撫で返すと、ソワムの身体がさざ波立つように震えた。

「申し訳ない。素直だから」

はにかみながら言われ、リアンはわけもわからずに微笑みを返した。ソワムは眩しそうに目を細めて言う。

「……こうして運命の相手を探すのが、宿命だったのかもしれない」

若い瞳は熱を帯びて、尻尾は落ちつきなく揺れ動く。リアンは笑いながら尻尾を捕まえた。まるで別の生き物のようだ。撫でまわして顔をあげると、ソワムのくちびるが頬にすべった。

「どんなことをおこなうのか、聞いておきたい。心づもりをさせてくれ」

抱き寄せられ、指が帯に這う。リアンは身をよじって逃げた。

「服は、自分で……。深衣だけになって」

「裙《くん》はどうする」

寝台から離れ、脱いだ衣を椅子にかけながらソワムが言う。

「脱ぎます」

答えたリアンも衣を取っていく。下着である深衣だけになると心細かったが、寝台のそばに掲げた行燈《あんどん》の明かりだけが灯《とも》る薄暗い部屋だ。かまわず寝台へ戻った。

「まず、互いの内丹を確認して……。くちづけをしながら、手淫を」

「手淫……。手でしごくってことだな」

「……言わなくていい」

「確認じゃないか」

ソワムは不満げに答えて、ふたたびリアンの隣へ座った。尻尾はおとなしくなっていたが、毛先はリアンへ向いている。

「なにをするんだった？」

「だから、手淫だと」

答えた瞬間、からかわれているのだと気づく。振り向いた先にある瞳は、まるで刃《やいば》の切っ先だ。見つめられたリアンは動けなくなる。

恐怖はないが、怖《お》じ気《け》づいた。

「ほかには、なにが許される？　リアンが気持ちよくなればいいんだろう。口淫は？」

「……んっ」

言われて息が詰まった。身を引いたが逃れられずに抱き寄せられる。

「いやらしかったか」

「ちが……っ」

そうは答えたが、下半身はすでに反応を見せている。リアンはあわててソワムの手を握り、自分の下腹へ押し当てた。丹田の位置だ。

「指を揃えて……そう……」

人差し指と中指を揃えて立て、リアンも腕を伸ばした。ソワムのへそ下へあてがう。

「心臓が破れそうだ」

深呼吸を繰り返すソワムが言い、リアンは首を傾げた。

指先から感じる熱が身体を巡り、自分の丹へなじんでいくのがわかる。それは開明君の仙気よりもやわらかくなめらかで、なにの不安もなく受け入れられた。

「このままでも、満ちそうだ。相性がいい……」

うっとりしながらソワムへしなだれかかると、もぐり込むようにしてくちびるが探られた。浅い息が肌にかかる。

「生殺しにするつもりだな。……明日には悶死《もんし》してるぞ」

「え？」

くちびるを舐《な》められ、舌が這い込んだ。

「ん……っ」

心臓が小さく跳ね、直後には激しく脈を打つ。抱きすくめられ、丹田にあてがった指もはずれたがかまわなかった。

ソワムの両手がおとがいから首筋を這い、リアンはのけぞりながらくちづけを受ける。

これが、あの実直で愛らしい子狼の少年かと感慨がよぎる。ほんの瞬間のことだ。

すぐに気持ちは元へ返り、激しく求めてくる青年の熱い指先に翻弄《ほんろう》された。

「ん、んっ……」

もっと落ちついて、と心で繰り返しながら、暴く勢いで貪《むさぼ》られているのが心地いい。

くちびるや舌先に比べ、リアンの長い髪をよけて撫でる指先は優しく、気づかぬうちに衣の裾も乱された。

「リアン……」

ふと視線が絡み、腕を引かれる。

「……っ！」

おどろいたのはリアンだ。引き寄せられて握らされた陽物の太さが信じがたい。

目をしばたたかせてうつむくと、乱れた裾のあいだから棍棒《こんぼう》かと思うほどのものが突き出ている。

比べれば、リアンのものは愛らしいほどほっそりとしていた。

「た、他人のものは、初めてで……」

「そうでなければ困る。……そんなに見られるのも困るな」

苦笑しながら、ソワムの手が動く。リアンのものは打ち震え、首を伸ばした。

自分でも滅多に触れない場所だ。一人でおこなう単修法を勧められてはいたが、月に一度試してみればいいほうで、まるで慣れない。

「リアンのここは、華奢《きゃしゃ》で美しい。先端の形がきれいだ」

「ふっ、ぅ……」

根元からこすられ、人肌の熱さに戸惑った。

「あ、あっ」

息が浅くなれば喘《あえ》ぎが洩《も》れ、恥ずかしさに逃げ場を探す。ソワムは手筒をほどき、指先を真横にして根元から撫であげてきた。

「ん……っ」

「これぐらいが、いいか……。きつくはしないから。身体の力を抜いて」

片手に肩を撫でさすられ、リアンは両手でソワムを包み込んだまま顔をあげた。くちびるが触れると、下腹が震える。丹田が熱く燃えて、泉のごとく溢れていくのがわかった。

「あぁっ……」

たまらずに声をあげると、両手のうちに摑んだソワムが跳ねる。

快感を与えようとしたリアンは、根元から先端まで両手で作った筒を動かす。たくましい先端には汁気があり、触れるとぬるりとしていた。

「ソワム……、すぐに気をやってはダメだよ」

「え……」

「長く保ったほうが練丹には利く」

「く……っ」

浅く乱れた息を繰り返し、ソワムは奥歯を嚙みしめた。ぐっとこらえた代わりに、瑞々しい陽物は脈を打って奮い立つ。

「ん、く……。動きを……」

求められて両手の動きを速めたが、いきなり手首を摑んで止められた。

「違うっ……、それは、いく……っ」

血走ったような雄の目は潤み、興奮を身のうちへ取り込みながら欲望に抗《あらが》っていた。

「んっ……」

今度はリアンが極まった。ソワムの表情に煽《あお》られ、腰がずくずくと動いてしまう。

「ん、んっ……」

か細い声が洩れると、ソワムから星が降るほどのくちづけを繰り返された。めまいは甘くリアンを包み、気がついたときには仰向けに倒されている。膝を割り開かれ、裾がなまめかしく乱れた素肌へ息がかかった。

「あ、くっ……」

行為を制止しようと伸ばした指が握りしめられ、指と指が絡む。ねっとりと舌が這い、欲望に惑う熱は男のくちびるに飲まれてしまった。

「ソワッ……あぁ……」

恥ずかしいと思う隙もなく、激しい快感に身悶える。ほっそりとした白い腟が閃き、裸足の足先が寝台の上を惑う。

裏を根元から舐めあげられ、ももの下にまわした腕で腰を引き戻される。どうしても逃げることは許されず、リアンは身も世もなく喘いだ。

我慢しようとしてもしきれずに腰がうごめき、もっと欲しがるような媚態《びたい》になる。

「いいか？」

ソワムの声に問われ、まるで術にかけられた傀儡《かいらい》のようにうなずいた。

答えればもっと気持ちよくしてもらえる。

その思いに捕らわれ、泣きながら快感を訴えた。

やがて、ソワムの手のひらが丹田を押さえた。流れ込んでいるのか、吸い取っているのか。判別がつかないままに、リアンの気力が満ちる。

自分でもはっきりと、ひび割れた場所が閉じていくのを感じた。

「あぁ、いく……、いく……」

極まり猛《たけ》る恍惚《こうこつ》に突き動かされたリアンに「このまま口で」と答えが返る。ひときわ強く吸いつかれ、細い腰はよじれながら浮きあがった。

奔流が螺旋《らせん》を描いて欲を放ち、リアンは息もたえだえに解放される。

涙に濡れた目元を布で拭われながら、どうしても抱きしめて欲しくて、しがみついた。

「手を貸して」

若い男のせっぱ詰まった声が耳元に聞こえ、腕を引かれる。

太い幹へと指が絡み、抱き合いながらくちづけを交わす。次第にソワムの息が乱れ、やがては深衣さえびっしょりと汗に濡れた。

「リアン……ッ」

精を放つ瞬間のせつない響きとともに、大量の体液がふたりのあいだに飛び散っていく。

月のない夜の暗闇は深みを増し、ふたりはしばらく足を絡めて寝そべった。

離れがたくてどちらも声をかけない。代わりにくちづけは絶え間なく、ときどきまつげを震わせて相手を見つめる。

「星の音がする」

ふいにソワムが耳を動かした。尻尾があたりを叩き、遠慮がちにリアンの腰へと乗ってくる。ふわりとあたたかな毛並みはやわらかく、リアンは目を細めつつ手を伸ばした。汗ばんだ指先に毛先が触れて、ふぅっと甘い吐息がこぼれる。

また、ソワムのくちびるに肌を吸われた。まるで年下と思えない手管に溺れ、リアンはまた身をよじった。

3

鳥の声に目覚め、リアンはまたうとうとしながら、まぶたを伏せた。頬に当たる温かさが心地よく、このまま二度寝を貪りたくなる。

いつになく気力のみなぎる朝だった。

丹田から気力の溢れんばかりに健やかで、伸ばした足の先までもが我がものであると思う、圧倒的な心地がする。

病に伏せっていたことが嘘《うそ》のようだとあくびをして、ハッと我に返った。

隣に人が眠っている。枕にしているのは、その男の腕だ。

足先を動かすと、相手の足に触れる。鍛えた脛はしなやかで、手を乗せている胸板は厚い。そこへ押し当てた頬が、深衣越しに人肌のぬくもりを感じている。

リアンはおそるおそる視線をあげた。

精悍なあご先は若い。そして、くちびる、頬、閉じたまつげ、乱れた黒髪。

身を伸ばして見ると、朝の光に銀糸がきらめく。三角の耳は倒れ、髪に混じっていた。

「ソワム……」

窓の隙間から差し込む光は間違いなく朝の明るさだ。

リアンに覚えはないが、互いが身につけているのは清潔な深衣で、肌には汗の乾きも白濁の名残もない。ソワムが拭い清めてくれたのだろう。部屋を見渡せば、木桶《きおけ》に沈む衣が見えた。

「……道士」

微笑むような声がして、ソワムの手が伸びてくる。耳元の髪を撫でられ、髪をひと房握られた。

「いい朝だ」

「その姿……」

リアンが身を起こすと、ソワムは片肘をついて上半身を浮かせた。

「ん？」

自分の姿を確認して首を傾げる。

「効果があったな」

にやりとくちびるの片端を引きあげ、昨日と同じはにかみを向けてくる。

真正面から受け止めてしまったリアンは両肩を引きあげた。発火したように頬が熱くなり、身体中が火照り出す。

そのとき、戸外から声がかかった。

「お師匠さま、お師匠さま」

ジュンシーの声だ。とんとん、と戸が叩かれる。

あわてふためいたリアンは、立ちあがるのと歩くのを同時にやってしまい、寝台から転げ落ちそうになる。とっさに伸びてきた腕に抱えられた。戸外から声がする。

「起きてください、お師匠さま。ソワムが、部屋におりません」

「……っ」

彼ならここに、と答えそうになった口元を、大きな手のひらに押さえられた。

顔のすぐそばでソワムが首を振った。リアンはうなずき、手のひらを剝がしながら男の胸を押しのけた。

「隠れなさい」

指を突きつけながら、中衣を引き寄せる。寝台であぐらを組んだソワムはのんきに首を傾けた。

「どこに?」

「その裏とか……」

「俺が部屋にいるといけないのか」

リアンはぴたりと動きを止めた。ソワムの視線を受けて見つめ合う。

そこへジュンシーの声がまた聞こえ、あわてて声を張りあげた。

「服を着ているところだから……っ！」

「お手伝いします」

不審げな声を返され、いつもはすべての世話を任せているのだと、いまさらに思い至る。

リアンはいっそう右往左往した。その肩を引き戻され、寝台に座らされる。

「やましいことはない」

自信満々に答えたソワムは、精悍な顔だちに悠々とした微笑みを浮かべ、リアンの髪をひと房手に取ってくちづけた。

たったそれだけのことにときめく自分に気づき、リアンはおどろいて硬直する。そのあいだに、ソワムは部屋を横切り、戸にかけたかんぬきをはずした。

「だ、だれだ！」

ジュンシーの叫び声が聞こえ、リアンはとっさに寝台の掛け布のなかへもぐり込んだ。

体調の悪いふりをすることしか思いつかない。

「お師匠さま！」

駆け込んできたジュンシーが首根っこを摑まれ、ジタバタと暴れまわる。

「こら！　ほこりが立つ！」

ソワムが声を荒らげた。

「ジュンジュン……。それは、ソワムだ」

差し出した手をひらひらさせながら、リアンは困り切った顔で言った。

愛弟子《まなでし》はきょとんと目を見開き、肩越しに長身の男を振り向く。それと同時に足で腰あたりを蹴りつけて回転する。

床に片手片膝をついて腰をさげ、精いっぱいの攻撃態勢を取った。

「手荒いな、兄弟子」

一晩で急成長したソワムは、片手のひらに拳をあてた姿勢で頭を垂れた。

「……本当に？　本当に、ソワムなのか。……え？　いまはもう、朝……」

「呪いが解けた」

「えええええ」

ひとつひとつ音階の異なる声を出し、ジュンシーはおおげさにのけぞった。それからすぐにリアンを振り向き、からかわれているのではないと悟って真顔になる。

「な、なんてことだ……」

ふらふらと立ちあがった。次にすることは、ソワムとの背比べだ。

「こんなに背の高い弟弟子なんて……」

よほど混乱しているらしく、何度も何度もつま先立ち、最後にはぴょんぴょん跳ぶ。

「便利だろう？　高い場所へも、楽々手が届く」

ソワムが言うと、ジュンシーはつれなく答えた。

「知るか」

「重い荷物も任せてくれ」

「だから、知るかって言ってるだろう！　かわいくない！　かわいくないです！」

ソワムの脛を蹴っ飛ばし、寝台へ転がるリアンへ向かって両膝をついた。

「これでは修行をするまでもありません。すでに立派な内丹が……っ」

「うん」

少年のなりでは、しかとわからなかったものが、青年のなりであれば顕著に感じ取れる。

「……呪いが解けたなら、修行は必要ありませんね」

顔の前で両手を組み合わせたジュンシーは、ひとりで納得して立ちあがった。

「大人であれば、なんとでも身も立つはず。……里に捨ててきます」

はっきりと冷たく宣言する。

「ずいぶんな言いようだ」

事態を見守っていたソワムがあきれ顔で両手を開いた。しかし、ジュンシーはつんとあごを反らす。

「観月台から突き落としてやったっていいんだ」

「……ジュンジュン。それはあまりに酷だ」

「かわいがってきたつもりの弟弟子が、ある日、こんな巨神のごとき、むくつけき男になるなんて！　ぼくの気持ちがわかりますか！」

「むくつけき、とは？」

ソワムが首を傾げ、リアンは笑いを嚙み殺して答えた。

「無骨でおそろしいという意味だ。……嫌味だよ、気にしないことだ」

「気にしなさい！」

ぴょんと飛んだジュンシーが、ソワムの胸元へ指を突きつける。

あまりの混乱ぶりを見るにつけ、呪いを解いた方法だけは口にできないとリアンは悟った。さりげなく目配せを交わし、なるべく穏便になだめてくれとソワムへ頼む。

かすかなうなずきのあと、ソワムは口を開いた。

「兄弟子。変わったのは外見だけだ。中身は変わらない。本当だから、今朝の務めを

「……」

「上から、ものを言うッ！」

物理的に背が高いのだから、仕方のないことなのだが、ソワムは素直に片膝をついた。

「ほら、言いません。広場を掃いて、それから、廟の拭《ふ》き掃除を」

「うん。いつものように」

まだ言い足りない横顔をしながらも、ジュンシーはくちびるを尖らせた。少しずつ落ちついてきて、自分の取り乱しようが恥ずかしくなったのだろう。

リアンに深々と頭をさげると、ソワムの腕を引っ摑んだ。

戸がパタンと閉じて、ほっと息がこぼれる。

ソワムを寝台へ引きずり込んだと知られたら、三日は口を利いてもらえないだろう。それとも、挙動不審な嫌味をつぶてのように投げられるかも知れない。

どちらもつらいが、どちらも愛弟子のすることだ。

頬が自然とほころび、胸が熱くなる。

リアンは寝台から出て、今度こそ身繕いをした。内衣・中衣・下衣をつけて帯を締める。

桃花双環の腰佩《ようはい》をさげ、翡翠の石を指でなぞった。爽やかな新緑の色に、ソワムの瞳を思い出す。

昨晩は汗だくになっていた若い男だ。素肌の感覚は知らないが、それよりももっと秘められた場所の肌触りは知っている。翡翠をなぞる指を離し、軽く握り込む。

思い起こせば、みずからの痴態も相当のもので、放った声と喘ぎに頬が火照る。なにを言ってなにを求めたのか。すぐには思い出せないことが幸いで、そのまま記憶を封じたくなった。

「おししょーさまーっ！」

遠く叫び声が聞こえ、外衣を羽織らずに戸外へ飛び出る。廟の広場の向こうから、ジュンシーが転がるように走ってきた。

「どうした！」

声をかけると、返す言葉もなく小舎を指差す。

くちびるは空動きをして、その分だけ激しく手招きされる。リアンは、半ば宙を飛んで駆けつける。

ソワムのおかげで気力が満ち、いまなら三日三晩続けて宝具を使っても耐えることができそうだ。

「ソ、ソワムでした……っ」

ジュンシーに飛びつかれ、呆気《あっけ》に取られる。

「言ったではないか」

「でも、まさか。でも……っ」

少年の指はびしっと炊事場の戸を指差す。そこへひょっこりと顔を出したのは、一晩見なかった顔だ。豊かな頬の少年ソワムだった。

「どうして！」

リアンは叫んで駆け寄った。大人の服のなかに幼い身体を泳がせ、ソワムのくりっとした瞳は泣き出しそうに潤んでいる。

「どうしたものか」

口調だけは辛辣《しんらつ》に聞こえ、たっぷりとした自嘲が含まれている。

ジュンシーを戸外に待たせ、リアンは炊事場のなかへ入った。戸をそっと閉める。

「そんなことはないはずだ。まさか、わたしだけが満たされたと……」

「いや、俺も充分に感じた」

「こどもの口で言わないで」

指先で黙らせて睨みつける。それではまるで、幼い少年と閨に入ったようだ。

「仙丹の感覚は？　……触らせて」

下腹へ指先を当てる。そこにはたしかに気の充溢《じゅういつ》した内丹がある。まだ小さく頼りないが、はっきり仙丹だとわかった。しかし、青年のときほど強くない。

「……道士。下腹が張りそうだ」

「だから、こどもの姿で……」

言ったそばから両手に頬を包まれる。視界が遮られ、くちびるが触れた。

「うん。大人のときほどの感覚はない」

「なにを……」

あきれ半分についた息も吸われる。思わず目を閉じてしまったのは、作法がそっくりそのまま昨晩のソワムだったからだ。

身体の芯がぞくりと熱くなり、下腹のさらに下が感覚を呼び覚ます。

「……戻りそうだ」

ソワムが離れ、服を脱ぐ。そうこうしているうちに、彼の身体は青白い発光と無数の雷電に包まれる。伸びをすれば、少年の小さな背中が、青年の広い背中へ育っていく。

「時限があるようだ」

服を身につけながらソワムが言う。安堵の息をついたリアンは、自分のくちびるを押さえた。つまり、定期的にくちづけを交わし、気を交わす必要があるということだ。

「こどもの姿より、大人のほうがいいだろう」

無邪気を装った色気で見つめられ、悪態を返そうとするくちびるが震えてしまう。

「知らない」

ぷいっと顔を背ける。

「からかったわけじゃない。……道士」

腕が絡んできて引き寄せられる。くちびるが頬からすべってくちづけに変わった。

「しばらくは定期的にお願いしたい。……伸びたり縮んだりすると、骨から痛む……」

「ひとまず骨接ぎの生薬をジュンシーに頼もう。……あの子の前では」

言葉を濁したリアンの顔を、ソワムが覗き込んでくる。首からはずれそうなほど顔が傾いていた。

「いずれは知るところとなると思うが」

「……なにを」

脳裏に昨夜のことがよぎる。

「まぁ、そのうちだ。それでいい。……あとは、開明君を呼んでもらいたい。この姿で釘を刺しておく」

「なにの⁉」

今度は声を荒らげて問い直す。

不穏な予感しかせず、ふたりを会わせたくないとすら思う。

「恋敵は牽制《けんせい》しておくものだ」

「……っ」

もう問い直すのもつらく、リアンは視線をさまよわせる。このまま戸外へ転がり出て、ジュンシーの背中に逃げ込みたくなった。

「昨日、はっきり自覚した。この気持ちはまた改めて、ほどよきときに」

思わせぶりに微笑んだソワムが立ちあがる。

「うなずく練習をしておいてくれ」

脇に腕を差し込まれ、軽々と持ちあげられる。

茫然自失《ぼうぜんじしつ》と立ち尽くすリアンの返事を待たず、ソワムは爽やかに戸を開いた。

「元に戻った！　心配をかけたな」

「大人のなりをしているなら、言葉づかいに気をつけろ」

ずけずけと言い返すジュンシーの声が聞こえてくる。

若輩には優しいが、同輩には手厳しい少年だ。この気の強さで、四方八方から懸想される師匠をかばってきた。

「お師匠さま、ご加減はいかがです」

別人のように優しい声で気づかわれ、リアンは肩をすくめた。ソワムへ仙気を分け、また寝ついてしまうのではないかと案じているのだ。

「すこぶる、よい。掃き掃除はソワムに任せて、髪を整えてくれ。久方ぶりに雨ふらしをしなくては」

「おまかせください。櫛を取ってきます」

リアンの居室へ走りながら、ジュンシーは笑い声をあげた。ソワムがなにかを言い、それに返したのだ。

炊事場から出ると、ソワムは一心不乱に広場を掃いていた。少年のときは大きすぎた箒が、今度は小さすぎるようだ。

眺めるリアンは胸につかえを覚え、帯に挟んである護符を一枚取り出す。

片手で持ち、右手の人差し指と中指を揃えて書きつけを加えた。宙へ複雑な呪形《じゅけい》をひと息に描き、護符をぺたりと貼る。

両手をパチンと音高く合わせれば、護符はちりぢりとなって風に舞う。白と紅を合わせた桃の花だ。

ソワムがおどろいているのを振り返り、リアンは澄まし顔で大袖を翻す。欄干へ寄った。

風に乗った桃花は開明君のもとへ。

甘い匂いに誘われて、すぐにでも足を向けてくれるはずだった。


翌日の夕暮れどきになって、酒瓶をぶらさげた開明君が現れた。

一同揃って迎えると、怜悧《れいり》な視線は見慣れぬ青年へ向く。だれ、と説明する必要もない。

「北方の酒だ。あとで出してくれ」

酒瓶をジュンシーへ渡し、リアンには一瞥を投げ、あごを動かしてソワムを促す。ふたりは広場から欄干そばの卓へ移った。座らず、景色を眺めて立つ。

「さすがに据え膳《ぜん》は食ったか」

あざけるような開明君の言い様に、ソワムの眉がぴくりとかすかに跳ねた。

「あなたを呼んでもらったのは俺だ」

激昂《げっこう》をこらえて、横目で睨みつける。観月台からリアンの奏でる胡弓が響き、眼下のかすみがたなびいて流れていく。

「下剋上《げこくじょう》したつもりなら、足元をすくわれるぞ」

片腕を腰裏にまわした開明君が言う。神仙を相手と臆せずソワムは鼻で笑った。

リアンとの閨房術を経て、すっかり思い出してしまったからだ。

「譲ったつもりはよしてもらいたい。彼が選んだことだ。今後も手出しは無用」

「わたしとまた争う気があるか」

開明君が答える。ソワムのもの言いにおどろきもせず、泰然とさやかな美貌が笑む。ソワムは見つめたままでうなずいた。

「負けるとわかっていても……。俺は、七度《ななたび》生まれ変わって、彼と巡り会う」

「して、いまは何度目だ」

「……四」

じっとりと目を据わらせて答える。

七度生まれ変わるというのは、何度でもという意味だ。本当に七回生まれ変わる必要があるわけではない。

承知している開明君は、飄々《ひょうひょう》とした表情で銀白の髪をなびかせた。

「時間を無駄にしているうちに、このような状況になったわけだ。待ちくたびれて記憶が薄れ、想い人のための仙丹が朽ちかけた。……リアンは生きるか死ぬかの瀬戸際だった。仙丹を持って朽ちれば、転生は叶わない。助けたのは、あまりに彼が不憫だからだ。もはや言うまでもないが、わたしは宝物を人に譲る性質《たち》ではない」

「感謝します」

ソワムは誠実に頭をさげた。

「いつ、記憶を取り戻した？」

開明君に問われ、宙を見つめる。

「確信したのは褥《しとね》に誘われた夜だ」

「抱いたのか」

「……そこまで節操なしじゃない。彼には記憶がないし、なにより……。過去と現在《いま》を分けようとしている」

「そんなつまらないことにこだわるから、四度も生まれ変わる羽目になる。……愚かだ、おまえは」

「やるのやらないの、そんな下世話な話じゃない」

「結局はするのだろう。その論法でいくと、わたしが慰めたあとでもいい、ということになる」

「……ならない」

吐き捨てるように答え、隣に立つ神仙をぎりりと睨んだ。

三度の転生において、まだリアンに相応《ふさわ》しくないと、ソワムを過酷な状況へ追い込み死に至らしめたのは開明君だった。

そのたびに泥水を啜《すす》るような辛苦を味わい、記憶を抱えたまま死んでは転生し、人ならざる力を得ていくリアンを追いかけた。

種族が違うのだからあきらめろと、何度言われたか、わからない。

しかし、そのことをリアンへ告げ口する気はなかった。

獣の耳を持つ者と持たない者と、どちらが優れているということもない。個々の魂に優劣があるだけだ。

「リアンにすべてを話して、思い出させることも……わたしにならできる」

穏やかさのなかに辛辣な光を隠した開明君の視線を逃れ、ソワムはひらりと身を翻して腰かけへ座った。

「必要がない。……これは、俺と彼の恋だ。彼が忘れるというなら、俺もすべてを忘れて仙丹を練る修行へ入る。共に生きていけるなら、それで……」

「そこに、めくるめく夜もあれば、文句のつけようがないな」

からかう口調で言った開明君が冷ややかに笑う。

神仙として生きる者の時間はあまりに長く、人として生きる者の価値観とはかけ離れている。

「彼に愛されてると思い込んでいるだろう」

指摘され、ソワムはにわかに硬直した。冷たいものが一筋流れていくような気がする。

「好かれては、いる」

そう答えるのが精いっぱいだ。そして美しい。開明君は目を伏せて苦笑する。

「あまりに純粋な男だ。そしてもし、叶わないときには、彼のすべてを任せることで贖《あがな》ってもらいたい。……わたしへの礼は彼の幸福で果たしてもらう」

「……そういうのをおこぼれというのでは」

ソワムはくちびるの端を曲げて失笑した。開明君が真剣だとわかるからこそ、この恋路の難しさを実感してしまう。

気を引いて振り向かせて、心を尽くした果てに身体を繋ぐ。そのとき、過去と現在が混在しなければ、ふたりにとっては意味がない。

遠い過去の約束だけを成就させてしまっては、想いも確実に昇華してしまう。

ずっと共にと誓わなかったことを、ソワムはもう何度も何度も生まれ変わるたびに後悔してきた。刹那を生きる人の性《さが》だ。それは獣人も変わらない。

次に巡り会ったときには、勇気を持って想いを告げ、心を通じ合わせて、たった一度でもいいから契りを交わそうなどと。短絡的な願いだ。一過性の快楽でしかない。

時が戻るのならば、紅蓮の炎に駆け込んで、つまらない強がりを演じた自分をぶん殴ってやりたかった。

欲しいのは、永遠だ。

生まれ変わるたびに思い知り、手が届かず、会うことさえできないリアンを遠くから見つめて、つくづくと感じた。

「四度、生まれ変わって、ようやくリアンの望みに気がついたわけか。早いといえば、早いな」

「思ってないだろう」

卓に頬杖をつき、ソワムは耳をピクピクと動かした。

「それはそうだ。リアンが気づかなければ、ここからさらって、適当なところへ捨ててやったものを……。今度はダメだったな。成長と引き換えに仙丹を得て生まれるとは……姑《こ》息《そく》じゃないか」

「よくわからない。生まれたときには、この身体だ」

「ひとつ前の生で、徳を積んだかな？」

「前世はどれもはっきりとしない。……恐ろしく顔の整った、意地の悪い男にいじめられたこと以外は」

「いじめるとは聞こえの悪い。……出来が悪すぎて、友人の運命の相手として、不安になっただけだ」

微笑みながら話す開明君はどこか楽しそうだ。そこへジュンシーが盆を持ってきて、ふたりに茶を勧める。

胡弓の調べはまだ続き、ソワムはうっとりと目を細めて聞いた。開明君も、茶を飲みながら耳を傾ける。

「よい音だ。磨きがかかった」

そして、卓を離れようとするジュンシーを引き留める。

「まだ時間がかかるだろう。碁を持ってきてくれ。リアンの暇つぶしに、青年を仕込んでおく」

ちらりと視線を向けられて、ソワムはなにげなく肩をすくめた。これから先、長い付き合いになると思えば、リアンのためにも、できる限りに友好な関係を築いておくに限る。開明君も同じ考えだろう。

リアンの胡弓が降らせる慈雨を思いながら、茶を飲んで碁を打つ。いつのまにか、仕事を終わらせたリアンがソワムのそばに立っていた。

肩へもたれかかるように肘を置き、碁盤の上をじっくりと見つめる。

ジュンシーは対戦するふたりのあいだに置かれた腰かけに座り、ソワムの茶をちびちびと飲んでいた。

やがて勝負がつく。かなりの差をつけて開明君の勝ちだ。

悔しそうに両肩をすくめたソワムは、次にジュンシーを誘う。待ちかねていた兄弟子は、意気込みながら開明君の代わりに座った。


リアンと開明君はその場を離れ、観月台へと歩く。

すでに空には星がかがやき、軒下の行燈の明かりも揺れている。

「すべてをご存じなのでしょう」

天へ突き出た山々の影を眺めながらリアンはのんびりと言った。片腕を腰裏にまわして立ち、身体を開明君へと向ける。

「どこまでとは聞きません。知らずにいたほうがいいと、あなたが判断なさったのなら間違いはない」

「……ずいぶんと信用したな」

「あなたも、懲りているでしょうから」

いつかの話だ。遠い遠い昔。さりとて神仙にすれば、たわいもない数百年。

執拗《しつよう》に言い寄るだけならまだしも、だまし討ちに閨へ引き込まれ、裏切りを知ったリアンは弁解も退けて激怒した。あとは仲裁が入るまで大喧嘩《おおげんか》だ。

「わたしには確信がある」

リアンはうつむき、なまめかしいほど繊細な嘆息をこぼす。見ぬふりをした開明君の頬がかすかにこわばった。

「邪魔をするなというわけか」

「導きはここまでと、お願いをいたしたく……」

拱手して頭をさげる。開明君が答えぬうちに、リアンの肩は小刻みに震えた。手をほどき、身を屈める。息がわずかに乱れていた。

「わたしの記憶は、どうして薄れてしまったのでしょう。ソワムから『目の前にいてわからなかったら』と尋ねられました。『ありえない』と答えながらわたしは、彼がそうであることを信じて疑わなかった。けれど、信じたいだけのこと……」

深く息を吐き出して、リアンは顔を背けながら背筋を伸ばした。姿勢を正しても、心の乱れは収まらない。

「彼が待ち続けた相手です。間違いはない。……でも、わたしの心はふたつに分かれてしまった」

炎の中で契りを誓った相手と、桃園で拾った変化する獣人の青年。

ソワムの仙丹が情を呼ぶのかと、はじめのうちは思った。

もっと明快に、交わしたくちづけの甘さが理性を溶かしたかと。

そのどちらも嘘ではない。けれど、理由ならほかにもある。

幼い身体で生きる不便を笑って済ませる豪胆さに、機敏に地を蹴り宙を舞う剣術の見事さに、彼の持つ誠実な心根を感じた。

不運を嘆くのではなく、怠惰を選ぶのでもなく、与えられた枠のなか、ソワムは精いっぱいに生きてきた。

それは『ソワム』の一生であって、リアンがかつて慕った相手の一生ではない。

「どちらも同じことだ。といっても、納得はしないのだろうな」

開明君は声をやわらげた。若い地仙を見つめ、ついには、その生真面目さにほだされて目を細める。

「抱かれてしまえばいい。陽を重ねて身のうちへ呼び込めば、すべては渾然一体《こんぜんいったい》……」

「そういった衆生の欲に塗《まみ》れた願いが間違っていたのかも……」

リアンがつぶやき返すと、開明君はおどろきあわてて目を見開いた。ガクッと片方の肩を落とす。

「待て待て。それでは、あれが、あまりにけなげで、かわいそうではないか」

「ソワムですか？」

「そうだ……。おまえのために。いや、いい。……恋にうといとは思っていたが。この三百年、こじらせにこじらせただけで、少しの成長もないな」

「たしかに。こじれてしまいました」

答える瞳は月影を映したように揺れる。恋をする者の瞳だ。

恋の深みに足先を取られ、愛しはじめる、入り口の惑い。

「リアン。肌を合わせて快かったなら、それが選ぶ理由でもかまわないのが恋だ。肌の相性はなにものにも勝る」

「……わかっています」

頰を染めて身体ごとそっぽを向き、ふぅっとなまめかしく息を吐く。

聞かされた開明君のどこがどんなふうに疼くのかなど、いままで一度も考えたことのないリアンだ。

「種族の違うふたりのため、わたしは仙道をこころざしたのでしょう。少しばかりは、時間をかけたいのです」

「……だから、それは……若い身に、酷……聞いていないな」

星月夜の景色に目をやる横顔の隣で、開明君は軽妙に肩をすくめた。

恋に落ちた者の耳に、外野の声は聞こえない。


リアンの居室には、隠された階段がある。

山を穿《うが》って作られた螺旋の壁は山の内側へ続き、持ち主にさえ行方がわからぬほどの蔵書が収められていた。

暗闇に怯えるジュンシーは誘っても入らなかったが、ソワムはおもしろがって勧めに応じた。青年の身を保っていれば、まるでこわいもの知らずだ。

リアンたちが使う文字の読み書きはおぼつかないが、西の書物はソワムにも読める。器用に探してきて、素読を聞かせてくれることもあった。

その日も、ソワムは隠し螺旋のなかにいて、居室の隅からぼんやりとした光が放たれる。螺旋の中心に吊られた灯《あか》りが固まって、階段外へ溢れ出たものだ。

ひんやりとした石段をおりていくと、すでに見慣れた背中が見えた。足音に気づいていたらしく、身をよじって見あげてくる。

「ここは暗いだろう。外でお読み」

リアンが声をかけると、ソワムはおどけるように笑った。

手持ちの提灯を上段へ移しながら隣を勧めてくる。並ぶには狭く、互いの肩と足が片側だけ触れてしまう。

「なにかおもしろいものが？」

あげ髪のおくれ毛を指でならしつつ、ソワムの手元を覗き込む。膝の上で開かれた書物を見た途端、リアンは声にならない声を忍ばせて両手を振りまわした。ばさっと音を立てて書物を隠す。

「こ、こ、これをどこで……」

言葉が喉に詰まり、息をごくりと飲みくだす。

「好んで集めたわけではない。そう！　修行の一環として、閨房術をどうしても学ばねばならず、それならばと、開明君が……、開明君が！」

自分のものではないことを猛烈に訴えながら、真隣に座っているソワムを見あげた。両手の下には男女の結合を描いた春宮図が隠されている。

「ひと通り、目を通しているのでは？」

ソワムに尋ねられ、顔を真っ赤にしたままで否定した。

「……一度ぐらいは見たけれど。あぁ……こんなものを見つけて……」

「閨房術は続けるつもりだろう。それなら、俺も、学んでおく必要がある」

言われたリアンはうつむいた。さて、それがいつになるのか。くちづけだけでもソワムの変化は止まり、リアンの気力もいまだみなぎっている。

「じ、自習は……いいけれど……」

急激に動悸が激しくなり、頬のあたりが火照り、額が汗ばんできた。

「ひとりでは味気ないのも事実」

歌うように語ったソワムが、いつのまにか背後にまわっている。一段高いところからリアンを足のあいだへ挟んでいた。

「あ。あの……」

リアンはしどろもどろに身をよじった。その胸元を引き寄せられ、肩のあたりに男の息づかいを聞く。

途端にどこもかしこも硬直してしまい、己の初心《うぶ》さを悟られないようにとまばたきばかりを繰り返した。

「こういうのは、ふたりで見て、気分を高めるものだろう」

若々しいソワムの声が耳元でささやいてくる。わざと声をひそめているのだ。

リアンが逃げると、いっそう前へ倒れてきて、一冊の本を開いた。

「……竜陽《りゅうよう》というんだな。男同士のまぐわいは」

「ひっ……」

玲瓏《れいろう》とした響きに耳朶《じだ》をくすぐられ、師匠としての建前もどこへやら、リアンは情けなく両肩を引きあげた。

熱い息が耳元に触れて、年下の男は甘えてくる。そのわざとらしさが、かわいげだ。

「……なんて書いてある?」

「よ、読めるはずだ」

「俺にはまだ難解だ。絵を見れば、していることはわかるけれど」

はたと視線を落としたリアンは、そのまま両目をきつく閉じた。あからさますぎる卑猥《ひわい》な竜陽図だ。

「道士……」

また耳元に息がかかる。今度も甘えるような響きで乞《こ》われ、リアンはくちびるを引き結んで身をよじった。膝から書物がすべり落ちて、ソワムの指にあご下を支えられる。くちびるは優しく触れた。

ソワムが少年へ戻らないようにするには、朝昼晩のくちづけが欠かせない。

ときどき、夜のあいだに戻ってしまうこともあったが、青年から少年に戻るのなら衣服を破く心配はなかった。

とはいえ、いま交わしているのは、ただのくちづけだ。

なぜ、とは問わなかった。リアンは目を閉じて、両手と背中を、たくましい大腿部《だいたいぶ》へ預けてのけぞる。

やわやわとくちびるが食まれ、息を継ぐのを待った舌に内側を探られた。甘い刺激が全身を駆け巡り、軽やかに仙気が行き交う。

不思議となじみがよく、相性とはこういうものかとリアンは思う。

やがてソワムの貪りがきつくなり、互いの息があがってくる。抱き寄せられ、肩をまさぐられると、もうどうしていいのか、正体不明の心地に陥った。

しがみつく勇気はないのに、じれて何度もソワムの大腿部を掻《か》く指がしどけない。

「ん、んっ……」

飲み込めずに溢れた唾液《だえき》をソワムの指がそっと拭う。リアンはうっすらと瞳を開いた。

いつから、目を開けたままでいたのか。ソワムはせつなげに眉間を寄せていた。

互いの恋心なら知っている。言葉にしてたしかめれば、リアンが見る夢と同じ記憶をソワムも語るはずだ。

しかし、それを聞く心づもりはなかった。恋の只中《ただなか》にいて、理路整然と語ることの野暮ったさをも知ってしまう。

澄んだ色の碧眼をじっくりと見つめ、されるに任せて舌を差し伸ばした。先を吸われると、夢見心地に身体が痺れる。

「……リアン」

名前を呼ばれて、こらえきれずに顔を背けた。濡れたくちびるを袖で押さえ、火照った頬をうつむいて隠す。

ソワムは余裕ありげだ。落ちつかないリアンの肩を抱き寄せて、息が整うようにと揺れながら自分も深呼吸をする。

「ソワム……」

手を伸ばして呼びかけると、くすぐったそうに笑いながら顔を伏せてくる。黒髪にまぎれた耳を探り、毛並みをそっと撫でた。先端を指で弾き、最後には両耳を摑んでもしゃもしゃと揉《も》む。

ソワムは笑いながら身をよじり、耳揉みの謝礼代わりと言わんばかりに、短いくちづけをして離れた。

「なぁ、道士。桃園のそばに泉があると聞いた。これから、どうだろう」

書物を片付け、居室へ戻る。ずらした床を戻すのはソワムの仕事だ。横目で見ながら、リアンは提灯を消す。

「いいですね。連れていきましょう。……ジュンジュンも」

微塵《みじん》の屈託もなく微笑みを向けると、ソワムは小さくうなずき承知した。

「では話をしてこよう」

ソワムが居室から出ていくのを眺め、リアンは人知れず胸のあたりに手のひらをあてがった。甘く軋《きし》むような心地がして、呼吸がどうにもままならない。足もふらつきそうだ。

薄暗い螺旋蔵でのくちづけが忘れがたく、無理に先へ進もうとしないソワムの落ちつきも憎らしい。それが望みの速度ではあるが、押されてしまえば拒むに拒めない想いはある。

熱い吐息をついている間に、ソワムが駆け戻ってきた。

「兄弟子は留守番を預かると……。残念だが」

「そうですか。彼にも学ばねばならぬことがありますから」

リアンの返事を聞き、ソワムの耳がかすかに動いた。礼儀正しく背筋を伸ばし、片腕を腰の裏へまわす。

リアンを居室の外へと促しながら、ソワムはこっそり微笑んだ。

秘蔵の春宮図を餌《えさ》にして、ジュンシーに留守番を迫ったことは表情《いろ》にも現さなかった。

桃園まではリアンの御剣の術で行く。

観月台で、浮いた剣に乗るときは、さすがのソワムも青白い顔だ。だれの剣に乗るときでも、いまだ慣れない。

先に乗ったリアンが両手を取り、身体も浮くように術をかける。

ふわりと背後に乗せ、両腕を引いて大袖の下へ通させた。

「これでこわくないでしょう?」

肩越しに問うと、硬質な声が返ってくる。

「恐れるわけでない」

あからさまな強がりだが、そこがまた年下のかわいいところだ。リアンは笑いを嚙み殺して空を飛んだ。

遠く近く重なる山々を眺め、奇岩を割って生える老松の優美を愛《め》でる。

しなやかな風に揺れる大袖が遊ぶように絡み合い、リアンの腰あたりで指も重なる。いつしかソワムの胸に体重を預けていた。頭ひとつ背の高い身体にすっぽりと包まれるような心地になり、どこまでも飛んでいきたくなる。

青年の身体も余計な緊張はなく、リアンを抱いていれば細い剣に立つ不安定と目がくらむ高所に怯えることもない。

眼下に彩雲が流れ、葉の茂る桃園が見えてきた。

朝に降らした慈雨が瑞々しく木々をきらめかせ、あるかないかの風に呼気のようなかすみが生まれる。

本来であれば、神仙も人も獣も、自由に近づける場所ではない。ここは一種の飛び地であり、崑崙山《こんろんさん》ははるか大地の中央に位置する。裾野には瑤池《ようち》とよばれる清らかな水があり、仙女の長と名高い西王母の屋敷が並ぶ。

その一帯に広がるのが有名な桃園だ。

リアンが目前の桃に雨を降らせれば、はるか遠く、時空を超えてそちらにも雨が降る。つやつやとした葉陰に隠れた実を傷つけず、過不足ない水分を与えることは難しい仕事だ。

「俺が倒れていたのは、どのあたりだろう」

高度が下がり、木々が近づく。油断したソワムが身を乗り出した拍子に、リアンの集中が途切れた。

「あっ！」

御剣からの転落など、滅多にあることではない。

しかし、後ろから強く腰を引かれ、よからぬ思いに捕らわれてしまった。

ふたりは草の上に転がり落ちる。とっさに互いをかばい合い、もつれにもつれて袖も裾も所在がなくなる。

気がつくと、リアンは青年の上にいた。

片膝は彼の足に挟まれ、頬は胸に当たる。錫杖を鳴らしたような鼓動が聞こえ、リアンは安堵の息を洩らしながらまつげを伏せた。

薄い影が白い肌に伸びて、ソワムの心臓はいっそう早鐘を打つ。

「……すまない」

リアンは小さな声で謝った。

「こわがらせてしまった。普段なら、こんなことは、決して……」

「俺が急に身を乗り出したからだ。悪かった。……どこも痛めていないか」

「ソワムこそ」

名残惜しく身体を起こすと、どこもかしこもちぎれた草だらけだ。服も髪も、剥き出しになった肌も。

青い香りに包まれて、リアンの心臓が跳ねる。さりげなく引いた腰を、力強く抱き戻された。

「ん……」

あわてて中心線からずらしても、互いの兆しは感じ取れる。

「俺が倒れていたのは、ここだろうか」

リアンを抱きしめて離さないソワムの顔にも照れが浮かぶ。

「桃園はもっと先……」

笑って首を振ると、大きな手のひらがこどものような仕草でひたりと押し当たった。見あげてくるソワムの瞳に光が入り、きらきらとなまめかしくかがやく。

ときめいて命を落とすこともありえるだろうと思いながら、リアンは浅く息を吸い込んだ。引き寄せられるままにくちづけを交わし、黒髪のなかに指を差し入れる。薄っぺらい耳を片手に閉じ込め、指先で根元の毛並みを荒らす。

「……っ」

精悍な眉根が引き絞られ、ふたりはしばらく抱き合ったままでいた。

互いの心臓の音に、飛びかう小鳥のさえずりが混じる。風が木々の葉を揺らし、遠く彼方にまぼろしの音色を聞く。

リアンの宝具が胡弓なのは、思い入れからだ。慕った相手が胡弓の名手で、ときどき手ほどきをしてくれた。いまも変わらぬだろうかと、ソワムを見つめる。

問いかけることはできなかった。恋のほろ苦さに身をよじらせているいまは、ただ、はやる気持ちを抑えて今世の彼を知っていきたい。

いつかは、きっと、念願叶って身体を重ねる。

その相手は遠い昔の想い人か。

それとも、目の前に横たわる、瑞々しく若い青年なのか。

リアンの心は思案に揺れて、生木を裂くような痛みを覚える。

それが顔に出たのか、ソワムが心配そうに目を細めた。

誠実でまっすぐな瞳には、隠すつもりが微塵もない恋慕が溢れている。問うまでもなく、彼に求められている甘い優越感がリアンを満たしていく。

指をまとめて摑まれ、関節にくちづけが当たった。

「桃の精もかくや……」

口説きが始まりそうな気配に、リアンはさっと身体を離した
「御剣で飛ぶほどの距離もない。歩いていこう」

立ちあがって手のひらを差し出すと、衣で懸命に拭った手を返される。そんなささやかな仕草にも胸が熱くなり、リアンはたまらずによろめいた。

抱き留められて、またくちづけがしたくなり、焦りながら泉の湧《わ》いている方角を目指す。

「桃の花の匂いがする」

背後を歩くソワムが言う。朗らかな声はのんびりとした響きだ。

やがて腰高の草が生えた場所へ来たが、リアンが一足踏み込むだけで、ゆらりと揺れて

左右に分かれた。獣道をたどった先に水音が聞こえ、滝も見えてくる。

ふいにソワムの手に引き留められた。

「……獣の匂いだ」

言われて見ればなるほど、遠からず気配がする。

荒い鼻息が近づいてくるのを、ソワムは野犬だと感じているらしいが、ほんの少し様子が違う。妖怪たちの放つなまぐさい禍々《まがまが》しさを察知したリアンは、腕を伸ばして青年をかばった。

「無用だ。剣を貸してくれ」

ソワムに腕を押し返され、じりじりと後退する。袖のなかへ取り出した剣を渡すことはしない。

「あれは、妖しだ」

「斬《き》ってしまえば同じだろう」

軽々しく言えてしまうのは、どこからくる自信なのか。剣を奪うように取ると、リアンを背に守った。

「血を浴びると厄介だ。追い払うのがよい」

どちらがどちらを守るか、争う猶予はなかった。

リアンは帯に差し込んだ護符を取り出し、立てた指で空中に文様を描く。ピリッと小さな雷電が弾け、あたり四方に護符が舞う。

前へ出すまいとするソワムに従い、くるりと背を向けた。ふたりの身体が寄り添う。どの方角に何匹とソワムへ伝え、リアンはもう一枚、護符を取る。

ひと声鋭く発すると、背中合わせのままで互いの身体が浮く。旋舞して腰高の草を払えば、飛び散ったそれらが烈風に乗った。

ぎゃんと鳴く犬の声がして、息づかいも気配も遠ざかる。

ふたりが地へ戻った瞬間、素早く風を切る音がした。

油断すれば聞き逃すほどの小さな音に、リアンよりも早くソワムの耳が動く。大袖を翻してリアンを抱き込み、剣を振るう。

弦の切れるような音が、びぃんと響き、ふたつに折れた矢の切っ先はなおもふたりを狙った。ソワムは機敏に腰をひねり、返す剣先でそれを弾く。耳もよければ、目もすこぶるよい。

「間者か」

リアンを守る額には玉の汗が浮かび、ピンと立った耳が左右に開いてあたりをうかがう。

身体中が湯気のごとき闘気に包まれ、さすがのリアンもかける声がない。

息をひそめ、次の攻撃がないかと低くなる腰に合わせて身を傾ける。

そこへにぎやかしい気配が押し寄せた。

「おやまぁ、これは」

半月の形にしなる弓を手に現れたのは、三人の仙女だ。いずれも美しいが、その美貌はひとつひとつ異なっている。幼いのと若いのと熟れたのと、三人の視線はひとところへ集まった。

「大変な誤解をしてしまったわ」

若い仙女が頬を染めた。大袖に隠されたリアンに気づかず、ソワムにすっかり見惚れている。

黒狼のしなやかな体軀《たいく》、凪《な》いだ湖のような緑の瞳、そして野性的な短髪だ。見慣れぬ異国の美しさに、幼い仙女も意味ありげな熱い息を吐く。

「妖怪退治に来ましたものを」

「おけがはございませんか」

幼い仙女をさりげなく押しのけて、一番熟れた年ごろの仙女が舞い飛んでくる。甘い香りがあたりを包み、リアンは腕のなかで身を固くした。

開明君がだれかれかまわず酒の肴《さかな》に語るとは思えない。仙界きっての美人三姉妹を前にしても同じだ。

となれば、いまここで、三人それぞれに一目惚れということも大いにありえた。

「あら、耳が……」

「まぁ、尻尾も……」

「それにつけても、かぐわしい仙丹の香り」

まずは幼い仙女が、次いで若い仙女が、そして最後に熟れた仙女が声を弾ませて続けた。

「いつから修行へ入られましたの。噂《うわさ》にも聞かなかったわ」

「ここにおられるのなら、その先の泉で身を清められるおつもりね」

「それでは、ご一緒にまいりましょう」

ふたりの姉、妹と、語りの順序が入れ替わる。

どこで顔を見せるべきかわからず、リアンは息をひそめた。

顔見知りではあるが、言葉を交わしたことのない相手だ。開明君からは散々な噂を聞かされてきた。

極上の美貌だが、血気盛んで、舞踊の素養はすなわち武闘の素養。男勝りにしなやかな技を持ち、上の姉は男を好み、次の姉は酒を好み、最後の妹はいまだどちらと決めかねている。

ソワムが取って食われてしまうのではないかと不安が募り、顔色ぐらいはたしかめようと仰ぎ見る。ただ凛々しいばかりの横顔は無表情だ。

仙女たちを眺めるには眺めているが、心惑わせているようには思えない。

それでも、リアンは心配になった。自分の存在に気づかぬはずはないのに、三仙女はまったく指摘してこない。いてもいなくても同じと思っているのだろう。またぞろ、上の姉がなまめかしい声をかけてくる。

「腕のなかの道士風情なら、自分の足で帰れるでしょう。野暮なことも言いますまい」

連れ立った相手を放っておいて、自分たちと泉で戯れようと誘っているのだ。

どう出るかと、リアンは見守った。焦ってたじろぐのか。それとも、術中にはまってしまうのか。どちらも胸が痛くなるような光景だ。

三仙女の高笑いが聞こえる気がしてくる。男を手込めにするぐらい、彼女たちには造作もない。

技をかけて罠《わな》にかけ、上から下までの品定め。うまくこなせば宝珠のひとつもくれようが、粗相を見つければ手荒い。悪《あ》しざまな噂は、仙界にくまなく響きわたる。

リアンにとっては、どれも不愉快だ。恋人と定めた相手だから、なおさらに。

「気づいているのなら、こちらの方に、挨拶をなさるのが道義では」

これまで黙っていたソワムの声がひたりと沈んだ。リアンを包んだ大袖がゆるみ、ほんのわずかなあとずさり。これは師匠に対する礼儀だ。

しかし、三仙女は不満げにくちびるを歪めた。リアンも自分からは口を開かない。

対峙《たいじ》する三人とひとりのあいだに小さな火花を認め、ソワムはさりげなくリアンの肩を抱き寄せる。

「あぁ、困った」

わざとらしく言って、一度、リアンの瞳を覗き込んだ。

美しく澄んだ碧眼はいたずらっぽくかがやく。おどろいている自分の顔をそこに見て、リアンはさらっと三仙女へ視線を向けた。まるで見せつけるようなソワムの態度が、どうにも申し訳ない。同情の表情を浮かべながら、ソワムをなだめようと胸へ手のひらを押し当てた。

黙らせておいて、三仙女へ向かって挨拶代わりに口を開く。

「これから、逢《あ》い引きの心づもり。色恋をご存じの皆さまでいらっしゃれば、ここは見て見ぬふりを」

「……ずいぶんと、きれいな顔」

幼い仙女がおどろいた顔で飛びあがる。その腰を捕まえた上の姉が目を細めた。

「もしや、桃園の雨ふらし……。これはご無礼を」

残りのふたりも促し、なめらかな拱手の仕草で膝を沈める。

「では、私たちが誤って放った矢のことも……」

「なかったことに」

リアンが最後の言葉を引き受けた。

しかし、三仙女は名残惜しそうにソワムを見つめ、隠す気のない好色さで吐息をつく。

そして、姿を消した。

「……迫力だったな」

ふたりきりになった草のなか、ソワムがぼそりとつぶやく。

「指折りの美人姉妹……」

その気になれば、三人同時に手に入れることもできただろう。男としてはこれほどの誉れもないと視線を向けると、苦笑いをこぼしたソワムの腕に引き寄せられる。

「嫉妬はどうした。そんなに簡単に譲らないで欲しい」

「……なにの話」

「顔に書いてあるみたいだ。男はみんな、美人が好き……。それはそうかも知れない」

言われて、ビクッと背中が引きつる。やはりと納得しかけたとき、ソワムのくちづけがかすめた。

「あなたのほうがいくらも美しい。知っているか？　肌は桃白、髪はぬばたま。爪《つめ》の先までしなやかで、衣に包んだ腰は柳の風情。ずっとずっと変わらない」

「いつから……」

リアンのつぶやきは聞き流され、たっぷりとしたくちづけが始まる。

促されて背中から肩へと腕をすべらせた。長い髪を優しく摑まれ、のけぞった首筋にもくちびるが走る。

「まったく同じ姿の女が現れても、俺の心は変わらない」

両手に頬を包まれ、額にぴったりとくちびるが当たった。ぞくぞくっとした震えが腰裏から丹田を突きぬけ、やましい気持ちも追ってくる。

「本当に？」

疑うわけではないが、何度でも聞いていたい恋人の口説きだ。

「本当に」

間近で見つめる若い瞳は恥じらっていた。けれど、相手の心をしっかり奥底まで見通そうとして、真摯に力強い。

ふたりはまた前後になって泉へたどり着く。滝が落ち込むのは地の熱で温まった泉だ。

飛沫《しぶき》がきらきらと舞い、夏の陽差しに虹も見える。

衣を脱ぐのはソワムが早かった。おそるおそる手で温度をたしかめ、ほどよいことを知ると深衣一枚で身を浸す。

心地のよさそうな声を聞き、髪をほどいたリアンも足から中へ入った。

「酒でもあればよかったな」

楽しげなソワムが泳ぐようにして近づいてくる。あたりは岩石と木々に囲まれ、滝の落ち込む音にすべてが包まれていた。

「帰りの飛剣が乱れてもいいなら」

ふふっと笑い返し、リアンは身を離す。

引き寄せられたら拒めない。こんな薄衣で相手を感じれば、仙丹を貪らずにはいられなくなる。

ひとりで滝へ近づき、どぼんと沈み込む。髪を清めると身体が少し軽くなった。

ソワムも洗ってやろうと振り返り、目に飛び込んだ景色にあ然と固まってしまう。

水音で気がつかなかったが、美人三仙女が舞い戻っていた。

衣こそ脱いではいないものの、銘々に岩を選んで腰かけ、なまめかしい足先を湯に浸す。

白い肌は陽を受けたようにかがやいていたが、彼女たちに囲まれたソワムは目もくれず背を向け、笑いながら杯を傾けている。

酒の差し入れを受け、なにを話しているのかと近づけば、リアンもいくらか聞いたことのある開明君の噂話だ。

銀髪しなやかな美形で洒落者《しゃれ》。リアンの愛弟子の前では人格者を気取るが、遊ばせても隙のない風流人に浮き名は尽きない。

リアンの気配に気づいたソワムは、途端に気もそぞろになって水を掻いた。手を取られ、水のなか、宙を舞うように引き寄せられる。濡れそぼった全身を抱きこんだソワムは、ごく当然のようにリアンを膝に乗せた。

薄衣だけの身体を岩に座らせたくないというわけだ。

「まぁ、妬《や》けるわ」

若い仙女が目を細める。ほんの少しの殺気も宿ったが、気づかないふりのソワムは笑ってかわす。

「俺の暇つぶしに付き合わせた。ありがとう」

リアンが戻れば、気持ちはそこにしかないと、まっすぐな瞳が注がれる。

末の仙女が頬を真っ赤にして舞いあがり、リアンは照れた顔を隠すために男の首筋へ鼻先を埋《うず》めた。

小さな舌打ちを残したのは、上の姉たちのどちらだろうか。やがて花の香りだけが残される。

「仙女を暇つぶしに使うとは、聞いたこともない」

途端に笑えてきたリアンの肩がしきりと揺れる。

「道士。美酒だ。飲むといい」

差し出された杯をついっと押しやった。

「よくも飲めたもの……。媚薬《びやく》の術がかかっているかも」

「あなたと俺ならかまわないだろう」

「……乱れに乱れて、記憶のないままの初花を、三仙女に見せたいと？」

「そこまでは」

考えなかったと、杯を水の上に漂う盆へ投げる。

「俺はずいぶんと甘やかされてきたらしい」

育ちの話をされて、リアンは濡れた両手で精悍な頬を包んだ。

「所詮《しょせん》は人界の話。これからが肝心……」

「導いてもらいたい」

「どこへ？」

甘くささやくと、くちびるが触れ、濡れた手が絡み合ったまま湯のなかへ。ゆらゆら漂う衣の裾ははだけ、張り詰めた若い肌に触れる。

「こういうことを、するところではない」

リアンがたしなめると、ソワムは熱い吐息をこぼした。

「開明君なら結界を敷いて、遊び三昧《ざんまい》に戯れると……」

「悪い話を聞いたものだ。……それぐらいの術を覚えてから言いなさい」

年下をからかって口にすると、意趣返しの指先が内腿《うちもも》に触れてきた。思ったところへは来ず、膝をたどってくるりと円を描く。

痺れに吐息がこぼれ、リアンはしどけなくあごを反らした。そこへは、求め通りのくちづけが触れる。長い髪が清泉に広がり、美しい文様を描き出す。

「ソワム。あなたはいったい、どんな暮らしをしていたのか」

「……ひと月に一度、本性を取り戻す身だ。屋敷の奥深くで暮らしたが、景色を眺めるには困らなかった。高い塔の上に登り放題。嵐《あらし》の翌日はどこまでも澄んで、はるか遠くの山々まで見えた。それがあなたの待つ山だと、知っていたような気がする。リアン……」

くちびるに息づかいだけが吹きかかる。して欲しいとせがんでくる緑の瞳には、年若い欲望が弾け、リアンは戸惑いながら目を伏せた。

息を近づけ、くちびるを重ねる。

そっと下くちびるを吸いあげて、続けざまに上のくちびるも。

どちらも肉厚で弾力がある。

「その言葉、振るまい……。そして、仙丹」

リアンは薄く瞳を開いた。

「それなりの血筋の生まれだ」

「……だとしたら、気になることが？」

ソワムの手が膝を摑んだ。なにも考えず目の前の自分だけを見て欲しいと言わんばかりの力強さに淫欲が揺らぎ、リアンのもの思いが乱される。

若さゆえの強欲さが突きつけられて胸が焦がれる。それはリアンも同じだ。

すべてを知る以上にすべてを受け入れて、今度こそ心通じ合わせる奇跡を感じ合いたい。

ただの欲ではないと、言い切れるのか。呼べるのか。

「ソワム、髪を洗ってあげよう」

水を跳ねて立ちあがると、かすかなため息が聞こえてくる。ソワムのくちびるから洩れた感嘆だ。視線はさっと上に下に。薄衣の貼りついたリアンの肢体へと、無作法なほどのあからさまな視線を投げた。

「夢に見そうだ」

「……若い」

からかいの目をそらし、滝壺《たきつぼ》へと戻っていく。ザブッと沈んだソワムが泳いで追ってくる。

紅蓮の夢はいまだに見る。そこにはふたりの男が座っていて、リアンはどちらと約束を交わすべきか迷って悩んで目を覚ます。心地のいい夢ではなかった。

けれど、腰にからみつく腕に現実へ引き戻され、滝壺の中へ引き込まれてしまえば忘れられる。

若輩ぶって荒々しく求めてくるソワムの、その実、繊細な駆け引きを全身に感じて、一線は守られると安心しながら身を任せる。抱き合い、絡み合い、くちびるを重ね、互いの息を分けつつ水のなかに沈む。

繫がるより淫《みだ》らかも知れないと、ほんの少しだけ考えたが、リアンはあえてなにも言わなかった。開明君に知られたなら、盛大にからかわれることもわかっている。

それでも、いまは……。天に浮かんで見下ろす三仙女に、ふたりの姿を見せつけてやりたかった。

全身を濡らしたソワムの姿が三日は頭から消えず、リアンはうかつにも悶々《もんもん》とした日々を過ごすことになってしまった。変化を止めるためのくちづけも義務感を失い、戯れとときめきが行ったり来たりする。

欄干前の卓に頬杖をつき、リアンはぼんやりと広場を眺めた。

手元にあるのは、過日の礼にと三仙女が贈ってきた桃の酒だ。口に含めば爽やかな葉の香りと馥郁たる果実の甘さがいっぺんに押し寄せてくる。

あまりのおいしさに、ソワムには飲ませないと心ひそかに決めた。ひとり遊びの嫉妬も悪くはない。

広場からシャン、シャンと音が鳴るのは、剣舞に打ち込むふたりの弟子が、手につけ足につけた細い環だ。持っているのは夕陽を受けてかがやく大剣。

それぞれの身体に合わせて作られているが、ジュンシーにはまだ重そうに見える。一方のソワムが軽々と扱いすぎるのかも知れなかった。

一糸乱れぬ拍子を刻み、小さな兄弟子と大きな弟弟子が舞う。どちらにも良さがあり、伸び伸びとして楽しそうなのがなにものにも勝る。

汗がきらめき飛び散るような景色に、リアンはまた酒を傾けた。

気がつくと、目の前に開明君がいる。黙って杯を渡し、酒を注ぐ。

「三仙女の葉桃酒《ようとうしゅ》。これはまた結構なものを手に入れたな」

しらじらしいもの言いをじっと見据え、ため息混じりに顔をそらした。怒る気もなければ、絡む気もない。

松の実をくちびるへ差し込みながら、リアンは広場を指で示した。

「ソワムはあぁして、身体を鍛えることに余念がない。……焦っているのだろうか」

「まさか、まさか」

開明君が朗らかに笑う。

「技のない者なりの考えだ。せめても体力で攻め落としたいんだろう」

「……なにの話をなさっている」

「もちろん、初夜の話だ」

「……はぁっ」

額に指先を押し当て、リアンは重いため息をつく。

「そんなことは相談しません。……ソワムの身の上が気になるのです。元より、西の果てに去った耳有族の血族。その輪廻から逃れられないのはわかります。しかし、呪いを受けて捨てられたとは到底思えない」

「なにと引き換えに、答えようか」

開明君に問われ、首を左右に振る。

「必要はありません。問えば、いつかは答えが返る。……不思議だ。巡り会えばそれとわかり、貪るように身体を繋ぐものと思い込んでいた」

「そうするのも、よい」

「できぬから、せぬのです」

答えるとうなずきが返る。仙丹を得るまでは燃えたぎるような欲があった。同時に底なしの孤独も抱え、一歩間違えば、どんな男にも身を委ねかねないほどの闇を知った。

ごまかし、かわし、別の傷をいくつも負い、選んだ道がいまのここ。迷いは晴れず、不安ばかりが尾を引いていく。

「彼だと思うと、胸が熱い。……ソワムと思えば痛みが走る。心臓が跳ねて息が止まりそうで……」

「そうか」

開明君が酒をあおり、杯をとんと卓へ置く。

広場での剣舞は終わり、少年と青年は連れ立って炊事場の小舎へ入っていく。

「ジュンジュンがあなたに囲碁の相手を頼みたいと」

「弟弟子を相手に腕をあげたか」

「そのようです」

答えるリアンのかんばせに、もの言いたげな視線が注がれる。

「そのような目で見ないでください」

あからさまに顔を歪めて拒む。

「おや、唐変木が……色をつけたと見える」

熱烈に見つめられて嬉しいのは、相手がソワムのときだけだ。開明君のからかいは相手にせず、リアンはつんとあごを反らす。

やがて碁盤を手にジュンシーがやってくる。ソワムがいないと気づいたときには、観月台から哀愁漂う胡弓の音色が聞こえた。

ジュンシーに席を譲っていたリアンは動きを止める。

視線を走らせ、開明君と目配せを交わし合った。もちろん、リアンの宝具は乾坤袋のなかにある。そもそもの音色も違っていた。

いま、空に響き渡るのは、力強く張り詰めた音だ。瑞々しく澄んで、朗らかさのうちに、聴くものの身をよじらせるほどのせつなさが加わる。

「……あの弟弟子」

ジュンシーがぽつりとつぶやく。

「できないことがないように思います」

口惜しげでありながら晴れやかな口調に気づき、開明君が手の甲をそっと押さえた。胡弓を奏でているのは、この場にいないソワムだ。

「その分、重ねた苦労がある。……ジュンシー。そなたにも」

ふらりとその場を離れかけていたリアンは引き戻されるように振り向く。愛弟子の肩へ手を置いた。

「心配はいらない。彼はまだ御剣の術さえ使えない」

「……はい」

神仙の開明君よりも、慕う師匠の言葉が一番響く。ジュンシーは素直にうなずき、表情をパッと明るくかがやかせた。

そしてまだ夜の来ない、黄昏《たそがれ》と薄暮のあいまで、碁を打ちはじめる。

開明君から涼しげな視線を送られ、リアンは胡弓の響きに身を任せた。観月台へ抜ける小舎のあいだに立ち、背を向けて座るソワムを見つめる。

彼が弾いている曲は、いつもリアンが奏でる雨ふらしの旋律と同じだ。使っているのはジュンシーの胡弓だが、弦も弓も見事に手入れされ、まるで名器の響きがある。

奏者の腕がよいのに間違いはなかった。

音のひとつひとつ、伸ばしきる長さ、些細《ささい》な間合い。どこをとっても、かつて胡弓を教えてくれた、その人の演奏だ。もう二度と聞くことがないと思っていたものに触れ、リアンは茫然と立ち尽くした。

突如として涙がこぼれ、頬を濡らす。

声が喉に詰まって膝から崩れたのは、奏でる音曲がさらに先へ進んだせいだった。

聴いたことはあるが、習うまでいかなかった続き。この観月台で、リアンが奏でたことのない音階があたりを満たして空気へ溶けていく。

向かいの山の稜線《りょうせん》に青菫色《あおすみれいろ》の空が広がり、夜は静かにやってくる。

床へ膝をついたリアンは口元を押さえた。泣き声をあげて突っ伏したかったが、演奏の邪魔にもなりたくない。

濡れて歪んだ視界のなかで、背中はかつての男と重なる。けれど、またたきひとつで元へ戻り、やはりただのソワムに変わる。

リアンはぎゅっとくちびるを噛みしめた。泣くのをこらえて背中を見つめる。

身を焼いて破滅を呼び込むほどの情欲が、身のうちへ静かに舞い戻った。

あの人を忘れようとしたのは、おのれの業の深さゆえだと思い出す。それでも待ち続けたのは、唯一の救いと信じたからだ。

「……リアンッ」

胡弓を置いて振り向いたソワムが、思いもかけない光景におどろき、転ぶようにして駆け寄ってくる。サッと抱き寄せられ、袖のなかへ。

「どうした。遊び人の神仙がいたずらをしたか」

笑いながら冗談を言い、手のひらでリアンの頬を拭う。

「こんなに泣いて……」

両手で頬を包まれ、リアンは幼いこどものように首を左右に振った。逃れて、顔を覆い隠す。

ソワムの笑い声が胸に痛い。心配そうに見つめてくる瞳もせつない。

そしてなによりも、この身を抱きくるむ腕の力強さにときめいて死にそうだ。

「……あなたのせいだ」

「あぁ。胡弓か。真似《まね》をして弾いてみた。……思い出が汚されるようか？」

「冗談ばかり……っ」

怒ってみせても、愛《いと》しそうに見つめ返されて胸が疼く。

「真似ではない……。あなたが教えてくれた曲だ」

「そうかな」

ソワムは笑いながらリアンの両手を摑んで引きさげる。近づいてくる顔を避けて、リアンは細い腰をよじらせながら逃げる。

「どちらのあなたです……？」

約束を交わした男と、今世でまみえた男。問いかけに対して、ソワムは苦々しく顔を歪めた。

「俺は、俺だ。そうとしか答えようがない」

それが事実だと、リアンにもわかっている。

決めるのは自分の心だ。だれを愛し、だれを求め、だれと結ばれるのか。

にわかにくちびるが震えて、なにも言えなくなった。

「リアン。くちづけをしてくれ。身体が変わりそうだ」

息づかいが頰に触れて、くちびるがさっと肌を撫でる。

「ソワム……。身体が元へ戻ったなら、国へ帰る必要があるのでは？」

短く口づけたあとで、リアンは問いかけた。急に寒さを感じて肩が震える。

「まだ、完全とはいえない」

答えるソワムの目は、珍しく戸惑っている。

「完全に戻れば、帰るのだろう」

リアンの声色には、責めるよりも落胆が強く出た。自分の感情を否定したくて首を振る。長い髪が揺れて肩から腕へと流れていく。

「……離れて、しまう」

言葉はかすれた。身体が震えて止まらず、ソワムの胸へと身を投げ出した。

小さくうずくまり、衣にしがみつく。

「いやだ、いやだ、いやだ。今度離れてしまうなら……もう……」

羞恥を忘れて繰り返すほど、離別は地獄の沙汰《さた》だ。

もう二度と、だれかを失いたくない。けれど、始まれば終わりは来る。

悲痛な声を受け止めるソワムは、にわかに身を固くした。

「リアン、リアン……」

ささやき声に呼びかけられる。

「平気だ。平気だから。……俺は、そうしない。ほら……」

リアンの手をギュッと握りしめる両手は熱い。

「ここにいる。ずっと、いる……」

言いきかせてくる言葉にすがりつき、リアンは異国の瞳を見つめ続けた。

紅蓮の炎が記憶に戻り、決別の瞬間がよみがえる。

目の前の男を求めれば求めるほど、過去の情念が足元にからみつく。情を交わして念願を果たせば、露と消えてもいいと思う諦観《ていかん》の極みだ。

これは、恋なのだろうか。

それとも、執着なのだろうか。

取り留めなく乱れるリアンの心を、若い男の瞳がひたりと見つめてくる。

「リアン」

名を呼ばれて、ここに繋がれる。たくましい腕のなか、いっさいの惑いが消えていく。

身を離せば元へ戻るとしても、くちびるを合わせているあいだは考えずに済む。リアンはまぶたを伏せた。

4

恋とは行ったり来たりの押し問答だと、開明君はあっさり笑い飛ばしてしまうが、初心者も初心者、ずぶの素人でしかないリアンには難しい問題だ。

しかも、心のなかには度しがたい情欲の炎を抱えている。

若い恋人には知られたくないと、そんな恥じらいまで生まれてきて、夜もおちおち眠っていられない。四肢を駆け巡る疼《うず》きも日に日に増して、いっそソワムの身体《からだ》が少年に戻り、新月の閨《ねや》ごとを繰り返せたらなどと考えた。ひどく自分勝手だ。

ソワムはいつから前世の記憶を持っていたのだろう。考えると胸が痛む。

多くを語らない彼は、今世をたいせつにしている。だから、リアンも、彼の言う『そのとき』が来るのを待つ。

心が満ちれば、口説きに口説かれ、手管に落ちる。

なにもかもを捧げて、与えられ、それを数百年来の心願と思うのか、それともたった一度の恋の契りと思うのか。

市場を歩く筒袖の後ろ姿を眺め、年下とは思えないとため息をつく。

買い出しの日だ。リアンの隣にはジュンシーが並び、あれこれと品定めに忙しい。

山をおりれば夏の陽差しは翳《かげ》り、しろじろとした秋の気配が近づいていた。木々の色づきにはまだ早いが、過ごしよい風が吹く。

「そこを行かれる道士さま」

呼び止められて振り向くと、いつかの若い女が立っていた。しかし、姿は幾分か歳《とし》を重ね、腕には丸々とした赤子を抱いている。

「そうです、そうです。あなたさま」

女が駆け寄ってくる。道宮のある山頂は仙界と人界の狭間《はざま》。ふもととは、時の流れが異なっている。

「いつかの初夏に護符をいただきました」

リアンとジュンシーに向かってにっこりと笑う。ふっくらとした頰《ほお》が幸福そうだ。目の前のふたりが数年前と少しも変わっていないことには気づく様子もない。

「あれから祖母の目はよくなりまして、今年の春に亡くなりました。いつか、枸杞《くこ》の実のお礼をしようと……」

「そのように遠い日のことは」

リアンが遠慮すると、赤子を抱いた女はいそいそと小さな袋を取り出した。

市場を見ていたソワムが戻ってきて、彼女をおどろかさないようにリアンの隣に立った。気配が近づくだけで、肩のあたりがぴりっと痺《しび》れる。もう、ソワムなしでいられない身体だ。ソワムの変化を止めるためのくちづけも大義名分。そうしなければ、リアンの心が乱れて収まらない。知ってか、知らずか。凛々《りり》しい青年は片腕を自分の腰の後ろへまわして、すくりと立つ。

背筋が伸びた立ち姿は美しく、町に出れば女の目を引かずにおかない。

筒袖の長着を着た肩も広ければ、腰もどっしりとして、ほころびかけた蕾《つぼみ》のように青々とした風情が妙になまめかしかった。さらには、髪に巻いた蔓草《つるくさ》模様の美しい布と健康な色つやの肌。黒々としたまつげに縁取られた緑の宝玉は、湖水のように潤んでいる。

「これは、よい」

ソワムがからりと笑う。女が取り出したのは、細工を施した櫛《くし》だ。

「亭主が櫛を作っているんです。それで、いつかお会いしたときのために頼みました。素材は桃の木。飾りも桃花」

しかも、手の込んだ細歯だ。かなり手先の器用な職人の手によるものだろう。

「どうして桃の花を？」

ジュンシーが尋ねると、女は視線だけをリアンの腰あたりへ送った。

帯にさげているのは、桃花双環の腰佩《ようはい》。翡翠《ひすい》に桃の花が刻まれた逸品だ。

「これを受け取っていただかないと、亡くなった祖母に怒られます。どうぞ」

「とはいえ、これではさらに山ほどの枸杞の実を渡さねば……」

素直に喜べずにいると、ソワムがすっと前へ出た。

「この櫛。俺へ売ってくれないか」

どんな表情をしたのかは、リアンからは見えなかった。

「とてもいいものだとひと目でわかる。こういう櫛を探していたんだ。買って、この方へ贈りたい。持ち合わせはこの程度。どうだろう」

「……まぁ」

小袋を受け取った女が目を白黒させる。ソワムはかまわずに櫛を手に取り、自分の帯へスッと片付けた。

しかるべき時のために、準備着々といったところ。

その相手であるリアンが見ていてもおかまいなしだ。

代わりにじっとりと、ジュンシーが目を据わらせる。何度も礼を繰り返した女が去るのを待ち、あきれたように両手を腰に当てた。

のけぞって胸を反らし、長身の弟弟子を睨《にら》みあげる。

「櫛を贈る意味を、知っているんだろうな」

「もちろん」

「じゃあ、それをこの方に……というのは？」

思わぬ流れになり、リアンは目を見開いた。

息を呑《の》むのは必死にこらえ、ジュンシーの後ろで首を左右に振る。口止めを悟ったソワムは両肩をひょいとあげた。

その双眸《そうぼう》が嬉々《きき》としてかがやくのをみとめ、リアンは小さく飛びあがる。そのまま浮遊してひとっ飛び。ソワムの口元を押さえようとしたときだ。

「物騒な話だよ」

商人らしき男たちの集団が、食堂を目がけて通り過ぎた。

「あれほど盤石だった王朝が……」

「砂楼国からの絹や翡翠はしばらく入ってこなくなる」

「値が釣りあがるのではないか。はぁ、困った。困った」

ソワムはつむじ風のように彼らを追った。リアンとジュンシーがさらに追う。

「待ってくれ。話を聞かせてくれ！」

呼び止められた商人たちは、ソワムの髪に巻いた布を見るなり、心からの同情を顔いっぱいに浮かべた。そのうちのひとりが言う。

「あんた、砂楼国の出か……」

「国を出て数年が過ぎた。俺がいたときは、なにの問題も……」

「それじゃあ、そのあとさ」

別の男が口を開く。

「なにか特別にたいせつなものが、国から持ち去られたんだって話だ」

「俺は仏像だか神像だか……と聞いた」

「それが原因で王が病に倒れ、ついに武官が叛乱《はんらん》の旗を……」

「王は？　街は？　知っていることは、なんでも話してくれ！」

ソワムは手当たり次第に詰め寄った。けれど、彼らは首を左右に振るばかりだ。

黙って話を聞いていたリアンは、輪のなかへ踏み出た。袖からいくばくかの金を取りいだし、手のひらに載せて見せる。

「これを見て、思い出すことがあれば、どんな些細《ささい》なことでも」

声をかけると男たちは腕組みをしながら、うんうんと唸《うな》りはじめた。ひとりがポンッと拳《こぶし》を手のひらへ打ちつけた。

「そうそう。さっき話していた物騒な話がまだだった。昨日、砂楼国へ行くはずだったヤツが引き戻してきたんだ。……旅の途中で聞いたらしい。どうやら、いまの街を焼き払って、新しく都を作るって」

答えた男がリアンの手のひらから金を取った。

「それじゃあ、俺たちはもう行くよ」

思い思いにソワムを慰めて去っていく。うなずきながら聞いたソワムは、思う以上に落ちついた表情で振り向いた。けれど、笑おうとした頬は不格好に引きつる。

「……お師匠さま」

ジュンシーに袖を引かれ、リアンは素早くうなずいた。

「街のはずれで別れよう。おまえは道宮へ戻って、開明君を呼びなさい。一晩二晩はひとりになるかも知れないけれど、護符を持たせてあげるから」

「はい。承知しました」

袖を突き合わせて頭をさげる。それからまなじりを決して、ソワムを見上げた。

「お師匠さまの御剣《ぎょけん》で走れば、陽も暮れぬうちに西の果てだ。気を張っていれば、転がり落ちることもない。行っておいで、ソワム」

ポンッと腕を叩《たた》かれて、ソワムは息を呑んだ。我に返った顔が苦々しく歪《ゆが》んでいく。

「しかし……」

ソワムは言い淀《よど》んだが、ジュンシーは聞かぬふりで袖を引いた。三人は足早に町を出る。人目のない木陰に忍び入り、リアンは取り出した護符を発動させる。それをジュンシーの胸元へ差し入れ、深衣へ貼《は》りつけた。若葉色の衣を透かして、紅い光が滲《にじ》んで消える。

「兄弟子として務めを果たします。お師匠さま、くれぐれもソワムを……」

ぐっとくちびる嚙《か》みしめて、ジュンシーは深々と頭をさげた。

西の果てまで駆けつけ、目にするものが安堵《あんど》とは真逆になる可能性も承知の上だ。

「ソワムは、お師匠さまを……。お守りしてくれ」

言われて、ソワムのくちびるが震えた。胸元から買い取ったばかりの櫛を取り出し、ジュンシーへ差し出す。

「預かっていてくれ、兄弟子。……俺は、惚《ほ》れた相手と生涯を共にする」

聞いたジュンシーはおどろいたように首をすくめた。櫛を両手で受け取ると、しっかりと胸元へ押し込んだ。

それ以上の会話は心細さの原因になるとばかりに振り切り、華奢《きゃしゃ》な身体で御剣に飛び乗った。までは格好がついたが、よろよろと舞いあがって消えていく姿には、見送る胸が痛んだ。

「心配だ……」

つぶやいたソワムは雲の彼方へ消えたジュンシーをなおも探すようにする。

現実逃避の行為を横目に、リアンは袖から剣を引き抜いた。指先を立てて刃をなぞる。さっと地を蹴《け》って飛び乗り、ソワムへと腕を伸ばす。

「少しでも早く行こう」

「……うん」

うなずく顔は二十歳《はたち》の青年だ。不安と恐怖がない交ぜになった顔で軽々と地を蹴った。リアンの背後につくと、促すより早く腰へ腕をまわしてくる。あご先が肩に乗った。

「全速力で行くからね」

丹田の上で、ソワムの手に指を絡める。声をかけたが早いか、御剣は放たれた矢のごとき速度で走り出た。

「目を閉じているといい!」

ごうごうと風が鳴り、リアンは声を張りあげた。雲を飛び越え青空を臨み、雷を孕《はら》んだ雨雲を下にかわす。山も川も越えて飛ぶ。

その頃には風の音も聞こえなくなり、ふたりは静寂の只中《ただなか》だ。寄り添う身体の鼓動がふたつ。とくとくと流れる血液の音が、手の甲を押さえた指に伝わってくる。

なにも聞かなくてもよかった。こうしていれば、すべてがわかった。

祖国の騒乱を知ったソワムの憂いには、計り知れず大きな責務が伴っている。やはり立場のある身の上だろう。

呪《のろ》いをかかえた少年の身体で、どうやって桃園のそばまで来たものか。

いつか、ソワムの語った話を思い出す。

砂楼国に伝わる話だ。

『俺のように呪われた身体は、百年に一度現れる。無事に成人を迎えれば国の外へ出し、解決の糸口を探す。見事に解決できれば、国はなお繁栄する。特異体質は神の恩恵でもあり、一方では悪魔の呪いだ。国を二分しての宗教戦争になりかねない』

ソワムの心配は見事に的中したのだ。特異体質の神の子を失い、砂楼国は求心力を失ったのかも知れない。

「見えた！」

勢いのよい声がリアンの耳元で叫んだ。

それも苦にはならず、求められるまま、砂を固めた壁に囲まれた街の真ん中へ突っ込んでいく。噴水を作った広場が見え、人々が右往左往と逃げ惑う。

飛びおりたソワムは、頭に巻いた布を引き剝《は》がし、翻して腰へと巻きつける。

そこへ武器を携えた男たちが現れた。人々が怯《おび》えていないところを見ると、彼らは味方だ。

「テンツー……ッ！　テンツー将軍！」

視線を巡らせていたソワムが叫んだ。太い弓を担いだ男が厳しい表情で振り向く。

リアンの腕を引っ張りながら、ソワムはそばまで駆けた。

「その姿……ッ」

テンツー将軍と呼ばれた男は、あごひげをたっぷり蓄えた偉丈夫だ。不審げに眉《まゆ》をひそめてソワムを検分し、満面の笑みを浮かべたかと思うと大きな手のひらで肩を摑《つか》んだ。

「ソワムさま！　よくぞご無事でいらっしゃった！」

その声を聞きつけた兵士たちが駆け寄ってくる。

揃《そろ》いの甲冑《かっちゅう》に眉間《みけん》の鉢がね。弓を持つ者、剣を持つ者。槍《やり》に盾。

ガシャガシャと音を立てながら、大きな声で一斉に話し出す。

「新月でもないのに、その姿！」

「ついに呪いが解けた！」

「よし、これで都が焼かれたとて、国家は安泰だ」

兵士たちの目は爛々《らんらん》とかがやき、喪《うしな》われつつあった希望がパッと勢いを取り戻す。

「ソワムさま。都は捨てることとなりました」

テンツーがまわりの騒がしさに負けない声でがなった。

「お父上はすでに離宮へ。我々はできる限りの民を集めて逃げます。ソワムさまも……」

「都が焼かれるのか」

空から眺めはしたが、御剣の進みがあまりに早く、周囲をうかがう余裕はなかった。

「すでに敵は迫っています。踏み込まれたら、女こどもから命がない。みんな、すべてを捨てて逃げる覚悟です。さぁ！」

「リアン、空に昇って、軍勢を確認したい。……焼かれてなるものか」

振り返ったソワムの肩を、テンツーが勢いよく引き戻した。

「無念は、あなたも、王も、みなも、まったく同じこと。生きることが大事です」

「……国を出なければ。占いが間違っていたか」

「いえ、あなたはこうして戻られた。すぐにみなの知るところに。きっと、気力が湧《わ》きます。ありがたい！」

心からの喜びと感謝を弾《はじ》けさせ、テンツーがソワムの肩を抱きしめた。

「行きましょう。ソワムさま。……お連れの方も」

ちらっと視線を向けて、初めてまじまじと見たらしい。あ然とくちびるを開いたままで見惚《みと》れ、まぼろしを見るようにまぶたを何度も動かした。

「仙女を連れて帰るとは……さすが……」

「彼は仙人だ。たしかに、仙女に勝る美貌《びぼう》だが」

「……ソワム」

そんなことを話している場合ではないと、リアンが声を低くしたとき。一本の矢が飛んできた。

さらに一本、もう一本。

木と土でできた家々に突き刺さったかと思うと、あかあかとした火が燃えさかった。

「油矢だ！」

だれかが叫ぶ。あっという間に、あたり一面が火の海になる。

兵士たちは逃げ遅れた人々に声をかけ、逃げるべき方角を知らせてまわった。

女の悲鳴、こどもの泣き声。男たちの怒声が熱にまぎれて巻き起こる。

「リアン、ここは危ない」

ソワムに腕を掴まれたが、足が動かない。舐《な》めるように広がっていく紅蓮《ぐれん》の炎に、気持ちが遠く流されていく。

巻き戻る記憶に吐き気をもよおし、リアンはくちびるを袖で覆った。

「いまは、思い出すな！」

叱《しか》りつける声がして、爪《つめ》が食い込む勢いで両頬を挟まれる。

「生きるぞ。今度こそ、生きる！」

まっすぐに見つめてくる緑の瞳《ひとみ》は赤々とした炎を映し、若さが泣きたいほどに美しい。

リアンの乱れた心に、静寂の一滴が落ちた。

心が凪《な》いで、瞬間に覚悟が固まる。事態は一刻を争うのだ。

「……わたしが、この火を消しましょう」

そう言って胡弓《こきゅう》を取り出し、青く光る剣に乗る。テンツー将軍は目を白黒させたが、ソワムの動きは速かった。飛びあがる前に白い長衣が引かれる。

「俺は大元を討つぞ！」

鋭い声に、リアンは姿勢を崩した。

「なりません！　あなたは逃げて！　逃げなさい！」

「俺には俺の、すべきことがある。今世の運命《さだめ》だ！」

若獅子《わかじし》のような闘気をみなぎらせ、ソワムは満面の笑みを浮かべた。心にひとつの迷いもない、澄んだ決意の表れだ。

テンツーは彼を『ソワムさま』と呼んだ。そして、離宮に逃げた父親とは、砂楼国の王に違いない。

「ソワム！　あなたは……」

宝具を持ったままで両手を差し伸べ、長衣の裾《すそ》を離そうとした腕を引く。すかさず術をかけると、ソワムの身体が浮きあがった。

「均衡が崩れるぞ！　道士！」

晴れやかに笑い続けるソワムの手がするりと逃げて、頬に手のひら、くちびるにぬくもりを感じる。

短いくちづけのあとで、しなやかな肢体はくるりと後方に回転して着地した。

「頼んだ、リアン！　都に雨を降らせてくれ！」

恋人の実力を信じきった言葉に、固めたばかりの決意が崩れそうだ。

なぜに、逃げると言ってくれないのか。

今度こそ生きのびると言いながら、危ない場所へ近づくのか。

守りたいけれど、守りきれない。

このまま足の腱《けん》でも裂いて連れ去れば、あきらめもするに違いない。しかし、遺恨は残る。関係が危うくなれば、生きるの死ぬのよりもつらい別離が待っている。

三百年待ち続けた恋は、まだ始まったばかりだ。なにもかもがまだやわらかく頼りない。

「ソワム、これを！」

駆け出したソワムを御剣で追い、腰からもぎりとった桃花双環の玉佩《ぎょくはい》を投げる。ソワムは取り落とすことなく片手で受け止めた。

「リアン！　生きて会おう！」

紅蓮の炎に巻かれながら、ようやく巡り会えた男が言う。

「そのとき、あなたを抱く」

照れ笑いが砂塵《さじん》に消えて、燃え立つ火の群れはなおも激しい。

焼かれる家々の煙に乗り、崩れ落ちる屋根の音を聞きながら空へ飛ぶ。四方八方、視線を走らせ、山を背にして立つ都の奥に物見の塔を見つけた。

そこへ飛び移り、剣は脇《わき》へ置いて結跏趺坐《けっかふざ》。胡弓を手にして弦を締める。指で弾き、音を確認して弓をあてがう。

眼下に広がる火の海はいっそう勢いを増している。

慈雨の静けさではとても追いつかない。

リアンはひと思いに弓を引いた。

胡弓の音色があたりに広がり、どこからともなく現れ出《い》でた雨雲が、繋《つな》がり、重なり、ひとつになって、黒々と大きなかたまりになる。

ひと粒、ふた粒。地を濡《ぬ》らしたかと思うと、やがては篠突《しのつ》く激しさに。

音曲を奏でるリアンは、夢中になって弓を操った。額に汗が滲み、髪が乱れる。冷静さを失いかけているのは、御剣の術で駆けつけるのに速度を出しすぎたせいだ。このまま驟《しゅう》雨《う》を降らせるには仙力が持たない。

それでも、地上の炎は消えつつある。

あと少しだと奥歯を嚙みしめ、朦朧《もうろう》となりながら、リアンは教わったばかりの続きを奏でた。

常時であればほんのりと紅い白桃の頰も、このときばかりは青白くなる。息が浅くなり、弓を摑んだ指からも、力が抜けていく。

さらに無理を押して弾けば、胃のあたりから血のあがってくる気配がする。

桃花双環を手にしたソワムの行方が脳裏をよぎり、無意識のうちに彼へ仙気を送った。

これでは、いくら瑕疵《かし》の薄れた仙丹とはいえ、きりがない。

よろけて音が止まり、雨雲が淡くなる。

地仙の瞳で眺めれば、逃げ遅れた人々のいくらかが見えた。まだ雨は必要だ。

ソワムが敵の陣地へ切り込み、軍勢をすっかり崩してしまうまでは。

ぐっと指に力をこめて、リアンはふたたび背を伸ばした。

生きていたい。そう願う。

待ち続けた孤独の果てに、彼は現れてくれた。

初めは子狼《こおおかみ》の少年で、やがて本性の姿を知る。心ときめき、奪われて、たゆたうような時間のなかで、互いのことを知ろうと深く見つめた。ソワムも、そうしてくれた。

彼にはきっと、すべての記憶があるのだろう。少なくとも、自分がなに者で、どうしてリアンと巡り会わなければならなかったのかを理解している。

けれど、先を急ぐことはなかった。

リアンの歩調に合わせてゆっくりと、ふたりの恋を温めてくれた。年下のくせして生意気だと、思えば思うほど、愛《いと》しくてたまらない。

このまま宝具の胡弓を使い続ければ、ふたたび仙丹に傷が入る。なけなしの気力を使い果たしてしまったら、地仙程度では死にゆくしかない。

わかっていて、やめることができなかった。

あきらめないソワムの心を愛しているからこそ、彼の愛した都を守ってやりたいのだ。

目の前が暗くなりはじめ、リアンはこれまでかと顔を歪めた。

そこへさらりとたなびく紗衣《しゃぎぬ》がちらつく。裾を紅く染めた少女の装い。

やわらかな雲に乗って奏でる音は、迦陵頻伽《かりょうびんが》の鳴き声さながら。息強くして高く響けば、たちまち竜の声に通ずる。

「間に合いまして？　陽風真君」

リアンのそばへひらりと飛び移り、塔の高さをこわがるでもなく足を投げ出して腰かけた。愛らしい双髪《あげがみ》に美しい意匠の衣を身につけている。

見間違いようはない。こんな修羅場に不似合いな三仙女の末妹《まつまい》だ。

「ご加勢にございます」

「なぜに」

汗を滴らせながら問うと、若い地仙の乱れた姿に頰を赤く染めた少女が答える。

「開明君から『手柄は譲る』と、姉上に知らせが。わたしたち、暇にしておりますでしょう？　見たこともない西の果てでも、あの方の故郷を焼かれては困ると、駆けつけた次第。さぁ、雨の続きを奏でましょう」

歌うように言って、横笛を構える。

ここにいないふたりの仙女は、ソワムに加勢しているのだろう。出会ったとき、矢を放っていたように、ふたりともかなりの手練《てだ》れだ。

リアンは大きく肩で息をした。心丈夫の心地がして、きりっと表情を引き締める。

汗に濡れた白皙《はくせき》の頰に色味が戻り、笛と胡弓の合奏をはじめる。

リアンが集めた雨雲はまたたくうちに竜の化身となり、西の果ての都を縦横無尽に駆け巡った。雨が降り風が吹き、城壁の内ばかりが大嵐《おおあらし》のありさまだ。

屋根も家も飛んだが、火は消える。敵が次の油矢を放ったところで、太刀《たち》打ちできる激しさではなかった。

それでも、大嵐であれば火の海よりはましだ。逃げ遅れた民もやり過ごすことができる。焼かれることはなく、煙に巻かれることもなく、土壁に貼りつくようにしゃがみ込んでいれば、時とともにすべてが終わる。

そのあとには彩雲左右に流れ、黒竜はあとかたもなく消え去って光が差す。

リアンは玉佩の気配を探り続け、ソワムの無事を確認した。遠くで起こっている争いも決着のつく頃だ。仙女ふたりが加勢して押し負けるとは考えられないが、ソワムの五体満足を目で見るまではなにひとつ安心ができない。

手のひらを胸に押し当て、大きく息を吸い込んだ。

使いすぎた気力が途切れ、意識が朦朧と遠ざかる。ドサリと倒れ込んだリアンを見て、幼い仙女が悲鳴をあげた。

砂楼国の内乱は、噂《うわさ》に流れた武官の叛乱ではなく、文官の賄賂政治がこじれた結果だった。炎に巻かれた都を脱出する途中、テンツー将軍から現状を聞かされ、ソワムは常に感じていた不安の正体を悟った。

首謀者の文官こそが、神託者たる占い師をそそのかし、拒む父王を騙《だま》してソワムを国から出奔させた張本人。たいした実力も野心もないが、人に頭をさげるのを嫌う怠惰かつ傲《ごう》慢《まん》な性格だ。悪知恵だけはよく働くところを、運命の糸に操られたのだろう。

記憶を失っていたソワムを旅立たせ、リアンに巡り会わせた。

その後、賄賂政治の咎《とが》で追い詰められた文官は、王の病を見て無謀な謀反を企てた。

しかし都へ焼き討ちを仕掛けた軍勢は、金で集められた力任せの山賊ばかりだ。協調性に乏しく、脇から突いたテンツー将軍の騎馬隊によって蹴散らされた。

とはいえ、力自慢は頭に血が昇ると始末に負えない。

敵味方なく斬り合い、殴り合い、罵《のの》り合いを始めて収拾がつかなくなる。

ソワムは諸悪の根源である文官を探して走りまわり、そこに舞いおりたふたりの仙女に気づいた。戦衣装は勇ましいが、どこまでいってもたおやかな佳人。柳腰をゆらめかせておきながら、姉の振るう剣は空を裂き、妹のつがう新月弓は散弾の矢を放つ。

あたり一面、真っ赤に染まり死屍累々《ししるいるい》。

何千年も生きる仙女にとっては、知れて百年の命など花が咲いて散るより早い。その感覚はさておいても、味方としては心強く、ソワムは教えられるままに地を駆け、ようやく首謀者をひっ捕まえた。

振り向くと、都の空を焼くほどに燃えあがっていた炎は消え去っている。

息をつく間に、リアンから預かった玉佩を握った。

空を走ることさえできない自分の未熟さに歯噛みしたが、返り血ひとつ浴びていない仙女に腕を引かれて雲に乗る。

都の奥に一本、高々とそびえる塔があった。懐かしい、昔からの遊び場所。

その頂点の物見で、リアンは宝具も剣も投げ出して倒れていた。そばに両手をついた幼い仙女は、笛を握って泣いている。

ぞっと背筋に震えが走り、足がすくんだ。次の瞬間には雲を蹴って、物見の床へ飛び移った。

リアンの身体のそばに膝《ひざ》をつき、床に肘《ひじ》をついてうずくまる。色をなくした頬に貼りつく髪を避《よ》けて、ぴくりとも動かないまぶたにくちびるを寄せた。

「……戻ったぞ、リアン。……聞いているのか、リアン。目を開けて……」

頬は冷たく凍りついていたが、ほんのわずかな呼吸の気配がある。

ソワムはしゃにむになって、くちびるを重ねた。ふぅっと息を吹き込んで、片手でリアンの下腹を探る。

やましい気持ちはまるでない。必死で探るのはリアンの練った仙丹。少しでも早く気力を送りたいだけだ。ソワムの指先がチリッと痛み、流れているのか、拒まれているのか、まるで判断がつかなかった。

「……焦るものではないわ」

若い仙女がそっと肩に手を置いてくる。じんわりと、熱がソワムの身体を巡った。そして、指先を抜けていく。

「あなたの愛している人は、すでに仙界に身を置く人。望みあって地に暮らしているからこそ、あきらめが悪いのよ」

歌うような声に励まされ、ソワムは奥歯を噛みしめた。駆けて駆けて駆けて、戦い抜いたあとの身体だ。疲労が募ってめまいがする。

ふいにリアンが咳《せ》き込んだ。かほっとひと息、喉《のど》のつまりがとける。

肌にくちびるに、たおやかな色つやが戻るのを見届けず、今度はソワムが昏倒《こんとう》した。

都の背後にそびえる山をぐるりとまわった先にあるのが、王族の使用する離宮だ。周囲に広がる土地には簡易な小屋が無数に建ち、都を逃れてきた人々の生活が始まっている。

川の流れをたどると離宮が見え、庭木の色づきも美しい回廊の先、リアンに与えられた一室があった。

見知らぬ寝台で目を覚まし、あたりをぐるりと見渡す。

よろめきながら身体を起こすと、涙が溢《あふ》れて止まらなくなる。

深衣一枚の姿で顔を覆い、リアンはさめざめと泣いた。ただ悲しくて泣くのは、そこにソワムがいてくれないからだ。

さびしい、さびしい、さびしい。

そう思う気持ちが怒濤《どとう》のように押し寄せて、返すときには別の感情へ入れ替わる。

愛しい。愛しい。愛しい。

感じるたびに丹田の奥が熱くなり、仙丹が呼吸をするように膨らんでは縮み、また膨らむ。少しずつ大きくなっていくようだ。

しかし、涙は止まらなかった。

「俺の夢を見ないからだ」

焦がれた声が耳へ届き、リアンの喉がひゅっと鳴る。袖の端からちらりと見ると、寝台に腰かけたソワムがにこにこと笑っていた。

大きな窓には織りの美しい布が左右に分けてかかり、昼間の白い陽差しが石造りの床に伸びている。

「あっ！」

リアンは小さく叫んで身を乗り出した。紅蓮の炎のなかで別れた人の、そのたくましい首筋を引き寄せ、精悍《せいかん》な頬へ息を吹きかける。

「会いたかった……っ」

声が震えて、息が乱れた。

「俺もだ、道士」

照れた声が耳元で聞こえ、ふたりはひとしきりの頬ずりを交わす。しなやかな肌が触れ合って、ため息ばかりが言葉の代わりになる。

「あなたの夢だった。もうきっと、あなたの夢しか見ない……」

くちづけを受けながら、リアンは目を閉じて訴える。

過去を忘れてしまうことに躊躇《ちゅうちょ》は感じない。

物見塔の上で、また別れるのかと恐れたとき、はるか昔の約束よりも大事なものに気づいた。

結いあげていない髪を揺らし、リアンはじっと恋人を見つめる。

はにかむ頬の精悍さに、肌がびりびり痺れてくる。

触れたいのか、触れられたいのか。

惑う心さえなまめかしく乱れ、熱い吐息をついた。

その片頬に、無骨を装う若い男の指が這《は》う。手のひらに重みを預けると、幸せそうな瞳が細くなる。ふたりのあいだには見えない星が散り、まるで七色のはなびらが降るようだ。

「外の風に当たらないか」

筒袖の貫頭衣に帯布を巻いたソワムに誘われて、ふらつきながら床の上に立つ。

絹を重ねた衣を着せられ、靴を履いたところでさっと抱きあげられた。

「離宮の庭にも見どころがある。あなたの暮らすところでは滅多に見ないだろう。知っておいて欲しい」

そのまま連れ出される。リアンに与えられた居室は一階にあり、開け放った戸からも緑の茂みが見えていた。

中庭は濃い緑に包まれ、大きな羊歯《しだ》が風に葉先を揺らす。甘い花の匂《にお》いも漂い、異国情緒に惹《ひ》かれたリアンはあたりを見まわした。

白い花のこぼれおちて咲くさまは清楚《せいそ》にけぶり、大輪の花はあかあかと燃えている。まるでソワムの心を覗《のぞ》くようだと思いながら、地へおろしてくれるように頼んだ。

「危ないから摑まって」

差し出された手のひらに指先を乗せ、軽く摑まれて歩きだした。まだ、リアンの足元はおぼつかない。

「どれぐらい、眠っていたんだろうか」

「七日かな。俺は三日起きなかったらしい」

「御剣の術を使うには、あと数日かかりそうだな。……三仙女は？」

「俺の目が覚めるまではいたが、開明君に報告したいと帰っていった」

「……上のふたり。強かったでしょう」

「それはもう……。阿鼻叫喚《あびきょうかん》の地獄絵図に、目の覚めるような蝶《ちょう》が二匹舞い遊ぶような景色だった。語り草だろう。これからの」

よほどのことを目にしたらしく、ソワムは笑いながら肩をすくめた。三角の耳が小刻みに動く。

リアンはできる限り恐ろしい想像をしないで、同じように笑ってみせる。

「それで、砂楼国は？　都は、ずいぶんと焼けてしまっただろうか」

「いや、三分の一も焼かれずに済んだ。あなたのおかげだ。弱っていた木材が風に飛ばされたのも、土台から作り直せてありがたい。いま、このまわりには、家を焼かれた家族が暮らしているが、季節の変わらないうちに帰れるはずだ」

「それは上々……。して、国宝が盗まれた主君はいかがなされた。たしか、病を得たと」

「……持ち去られたのではない」

指先で自分の眉間を掻《か》き、ソワムはどこかそっけなく言った。

「愛する息子を旅に出した無念が祟《たた》って、気を病んで寝込んだに過ぎない」

「その息子はどうなったのだ」

目の前にいる青年の話だとわかっていて混ぜ返す。

「……無事に求めるものを見つけた。これからは、一日たりとも離れては暮らせまい」

「もう呪いはないのに？」

「それはどうかな。離宮で目を覚ましたとき、俺はすっかり小さくなっていた。仙女に頼んで、あなたの寝床へ入れてもらって四日。やっとくちづけひとつで元に戻った」

「まだ呪われているのか」

おかしくなって笑うと、鼻の頭にしわを寄せたソワムに肩を抱かれた。

「四日間、裸で抱き合っていたから、俺の夢を見たんだよ」

耳元でささやく声は甘く、誘うように揺れる。リアンは逃げもせずに身を任せ、肩に頭を預けながら恋人の横顔を見あげた。

「こどもと抱き合っても、なにということもない。そちらの趣味はなし……」

「あるとしたら、それも妬《や》ける」

「ジュンジュンとの仲は疑ってくれるな。あの子は真面目《まじめ》なのだ」

「……たしかに、真面目かもな」

ソワムが思い出していることと、リアンが想像していることは違う。しかし、どちらも相手と同じ考えだと思い込んだ。

かたや春宮画を欲しがる年ごろの真面目さ。かたや色恋とは無縁の硬い真面目さ。ズレていても問題のない、ささやかなことではある。

「謀反は起こったが、王朝が覆されるほどではなかった。父も健在だ。俺の顔を見て、すっかり元気に……」

「……そう」

「どうした？」

微笑《ほほえ》んだソワムの顔が、ふっと翳った。

リアンはできる限り、平然と微笑んで口を開く。

「あなたは砂楼国の要だ。さしずめ、国の繁栄を約束する麒麟児《きりんじ》といったところか」

「その役目は降りた」

冴《さ》え渡った瞳をきらりとかがやかせ、なにの迷いも見せずに言う。

「ここに留《とど》まることもしない。だれがどんなに頼んでも、俺は、俺の心にしか従えない。だからこそ、こんな身体に生まれたわけだ」

「許されましょうか」

ソワムと向かい合い、リアンはあごを反らすようにして相手を見た。

なにもされないうちから引き合い、指先が相手の胸元にとんと軽く突き当たる。かかとがわずかに浮き、背筋を伸ばす。

互いのくちびるが触れ合った。

「出奔同然で国を出た。……今度は駆け落ち同然でも仕方がない」

笑うソワムは清々《すがすが》しい。黒々とした眉は弓の形に反り、優雅な緑の瞳がきらきらとかがやく。

「あなたを求める旅にも決着をつける」

「つけて、どうするつもり」

問いかけるリアンの胸は微塵《みじん》も痛まなかった。

どちらの男を愛するべきかと、迷いに迷ったふた心も、いまはたったひとつを選んだあとだ。どれほど過去がせつなく甘美でも、巡り会ってしまった宿命の恋には勝てない。

昔はいっさい捨てきって、ただひたすらにソワムを愛している。

「ソワム、どうするつもりなんだ」

なかなか答えが返らず、リアンはじれて詰め寄った。

乱れた長い髪を、ソワムの指が撫《な》でつける。そして、毛先の一束を摑んでもてあそび、自分のくちびるに押し当てた。

「案ずるな、道士。俺は、あなたを抱く」

凜々しく言い放って、にこりと笑う。

「そして、俺だけが、永遠にあなたのものだ」

若い男の口説きが胸を刺して、リアンは二の句が継げなくなる。頬は紅く白桃の艶《つや》めき、くちびるもあかあかと燃えて、真珠のような歯がチラリと見えた。

見惚れるソワムは、待ちかねて声をひそめた。

「道士、なにか言葉を」

そう問われ、リアンはくちびるを少しだけ引きあげてみせる。

「あ、やっぱり、ここはくちづけで……」

なにも答えないうちから、ソワムの両手に頬を包まれた。

何十何百のくちづけを受ける。

それは空をころげる流星のように、リアンに向かってただ一直線に降り続く。受ければ、同じ数だけときめいて、息をするのも苦しくなる。

目を閉じて喘《あえ》ぎ、開いて喘ぐ。やがて背中へ腰へと、たしかな輪郭を求めた男の手がうごめく。腰の下へ這いさがるのは引きとめて、リアンは火照《ほて》った肌を持て余した。

道宮へ帰れば、彼を受け入れることになる。

正直な気持ちを自分に問えば、嬉《うれ》しい以外に言葉はない。だから、なにも考えなかった。


それから三日。リアンはのんびりと酒を飲んで過ごした。

饗される肴《さかな》は見たことのない山海の珍味だ。西の果ては、返せば東の始まりでもある。さらに続く大陸の文化に舌鼓を打ち、遅々として溜《た》まらない気力の回復を待った。

あちらこちらに呼ばれて忙しいソワムは、毎日三度のくちづけの時間には戻ってくる。目を閉じてくちびるを重ね、胡弓を合奏したり酒を酌み交わしたりして、ほろ酔いのまま別の宴へ呼ばれていく。

『まるで、引く手あまたの芸妓のようだ』

辛辣《しんらつ》な嫌味を投げてみれば、リアンの肩へぎゅっと腕がまわる。そういうとき、彼のふさふさした尻尾《しっぽ》は右へ左へせわしなく揺れ動く。

行くなとは言えなくなって、尻尾をひとしきり撫でて、またおいでと送り出すのだ。

胸の奥はきりりと痛み、目頭が熱くなるほど心が傾く。

気持ちは通じ合っているのに、なんともぎこちない関係だ。酔いに任せた不埒《ふらち》さもないとなれば、ひとりで飲む酒も味気ない。

ここで閨房術《けいぼうじゅつ》ができれば仙丹の回復も早いのだが、これから初夜を迎えるふたりにとって睦《むつ》み合いは特別な行為になる。日を選んで踏み入りたい聖地だから、どちらからともなく遠慮して、月の満ち欠けだけを頼りに気力の回復を待った。

新月が来て、満月が近づき、部屋から出ないでいるリアンにも、厄介ごとの気配が感じられた。ソワムはどうやら引き留められている。

父親だけでなく家族全員。はたまた、テンツー将軍率いる武官たちも、呪いを解いて戻ってきた見目麗しくたくましい青年を、第一王位継承者ではないにしろ、二度と手放したくないのだ。

ソワムの上には兄がふたりいて、王太子は思慮深く治世の能力に長《た》けている。もうひとりは癇癪《かんしゃく》持ちだが、王太子の言うことになら従う、よくできた弟だ。『男がふたりいれば数は足りる』とソワムが思うのも理解できる。けれど。

「リアン、準備は済んでいるか」

居室へ入ってきたソワムの足がぴたりと止まる。

迎えに気づいて窓辺で振り向いたリアンは、たまらずに微笑んだ。駆け出したくなる心をぐっとこらえ、盛装に身を包んだ恋人を見る。

鬱金《ウコン》に染めた中衣は立ち襟に細やかな刺繍《ししゅう》が施され、右肩へかかった外衣は見事な織りが帯のように広く取られて、ぐるりとみぞおちまで巻きついている。胸には玉を連ねた飾りがさがり、腰には宝珠のついた細帯、玉佩はリアンが預けたままの桃花双環だ。

身体つきが見事なので、なにを着てもよく似合う。見惚れてしまったリアンに対し、若い恋人も満足げにはにかんだ。

どうしても一度だけと頼まれた宴に出るため、衣服を整え、髪を結いあげてもらった。内衣・中衣・下衣はここにいるうちに仕立ててもらった薄い絹物で、外衣だけは今夜のために用意されたものだ。

ソワムが身につけているものと意匠は違うが、同様に細やかな織り模様の太襟がついている。ぞろりとした揺らめく大袖で、色は深い翡翠色。暗がりで見るときのソワムの瞳を思わせる。

「申し訳ない。挨拶《あいさつ》だけと言ったのに、着飾る手間を取らせて。……でも、眼福だ」

「そう言われたら、わたしはなにも……」

恥ずかしくなってうつむくと、腰に手が伸びてきた。ソワムがなにかを見せてくる。視線を落とすと、翡翠で作られた玉佩があった。

「国を出るときに残したものだ。今度は持っていく。今夜はあなたがつけてくれ」

そう言って、リアンの腰に玉佩をぶらさげた。

「……ソワム。この国の者は、あなたを離しはしないでしょう」

「長く居すぎて、不安にさせたか」

ふっと微笑み、リアンの頬を指で撫でてくる。

「以前は新月の夜にしか大人の行動が取れなかったが、いまは違う。できる限りの恩は返した。慕ってくれる者もいるが、あなたと暮らす日々とは比べることができない」

真剣な顔には、迷いの翳りが少しも見えない。

それよりも、肌を重ねられない日々への鬱屈《うっくつ》に似た焦燥感が垣間《かいま》見《み》えた。若い分だけソワムはより大きく激しい衝動を抱えている。

知ると途端に年上風を吹かしてからかいたくなり、指先を彼のおとがいに添えた。

「こちらの酒も大変においしい。おかげで気力も戻った頃合い……。いつまでもジュンシーを開明君へ任せるのも不安だ」

「ひとつの連絡もないのが怪しいな」

「連れまわして、悪い遊びを教えていなければいいのだが」

「……兄弟子も、そろそろ知っていい頃じゃないのか」

「あんなに真面目なのに？」

リアンが不満げに眉をひそめると、しわの上にソワムのくちびるが押し当たる。

「真面目すぎるのは窮屈だ。師匠に褒められたいだけのそぶりなら、大人の息抜きは必要だろう」

「……そうとも、言えなくはない」

弟子のことなら自分のほうがよく知っていると言いたかったが、少年同士が繋いだ兄弟弟子の絆《きずな》も否定はできない。

受け止めてうなずき、軽いくちづけを交わす。

「あなたの家族で手強《てごわ》いのはどなたか」

居室を出ながらリアンが聞くと、鷹揚《おうよう》とした雰囲気で歩くソワムの表情がくだけた。

「だれも手強くはない。あなたを見れば、すべてを万事、理解する」

「そんなことがあるだろうか」

リアンは小首を傾《かし》げて笑った。

西の果ての空気は、昼と夜でまるで違う。しっとり湿っているかと思えば、からりと乾き、木々の繁《しげ》りの内と外でも違っていた。

汗ばむほどに暑いと思えば、息が白くなるほど寒い。

外回廊はひんやり冷たい空気だったが、にぎやかな音曲と笑いさざめく声が近づく頃には、酒気帯びのぬるい空気へ切り替わった。

広間には向かい合わせで三列の酒席が用意され、正面中央の一段高い場所に王と王妃が椅子《いす》を並べて座っていた。

ソワムに連れられたリアンが一歩、建物へ足を踏み入れる。

すると、だれもが気づいて振り返った。しんと水を打った緊張が走り、リアンは隣に立つ青年を見あげる。薄笑みも凛々しく、正面へ向かって一礼する。遅れてリアンも袖を合わせた。

ふたりが歩くたび、並んだ人々の視線が刺さる。

リアンだけでなくソワムにも、不思議そうでいて、もの珍しげな瞳が向けられた。どこからともなくため息が聞こえ、それが幾重にも重なっていく。

ソワムはわずかにあごを反らし、機嫌よさげにまつげを伏せた。

「みんな、あなたに見惚れているんだ」

「……まさか。あなたの男振りにでしょう」

小声で言い合いながら、王と王妃の前で膝をつく。すると、見事な刺繍の布を肩に流した王妃が、転がるようにして台座からおりてくる。

背後のどよめきがふっと途切れ、華奢な女の指が、リアンの手指を探るように握りしめた。結いあげた髪の根元に小さな三角耳が震えている。

「この子をこのように……感謝します。感謝しても、しきれない……。ありがとうございます、ありがとうございます」

玉のような涙がはらはらと流れ落ちていく。歳は重ねているが、淑《しと》やかな魅力に満ちた顔だちだ。口元がソワムに似ている。

「客人をおどろかせるものではない」

涙の止まらない王妃を抱き寄せたのは、白髭《しろひげ》の豊かな男だ。衣服の意匠はだれも真似《まね》できないほど高貴で美しく、それを着こなすのに充分な体軀《たいく》を持ち合わせている。髭と同じく真っ白の髪には、黒毛混じりの三角耳がふたつ。

威厳のある微笑みで、王が言った。

「都を焼き討ちから守ってくれた恩人だ。あなたのことは、あまねく民が忘れまい」

「これからの繁栄をお祈りします」

リアンが微笑んで口にすると、背後がどっと沸き立った。

「あれが噂に聞く仙人か」

「もはや神格があると聞く」

「なるほど、道理で、人並みはずれた美しさだ」

人々の声が途切れ途切れに聞こえてくる。

「つきましては父上……」

片膝をついたまま、ソワムが凛々しく声をあげた。周囲はまた静まって、王子の言葉に耳を傾ける。

「俺はこの国のため、すでに弟子入りをした身の上。そろそろ山へ帰らねばなりません」

「……ここでは、できないことなのか。……神仙殿、いかがか。このあたりに堂を建て、そこで行をなさっては」

「あいにく、わたしは神ではありません。地に住まう未熟な道士に過ぎない。……お言葉はありがたいのですが、与えられた廟《びょう》で務めを果たさねばなりません」

月の満ち欠けのひと巡りものあいだ、桃園に雨を降らしていないのだ。そろそろ果実たちが喉をからし、文句のひとつも言い出しかねない。

「そうか……」

砂楼国の主は、見るからに落胆して肩を落とした。ソワムの母をしっかりと抱き寄せる。

「あの身のままで生涯を終えることを、どれほど惨《むご》いと思ってきたか。……すべては、国の窮地を救う子だったとあきらめて送りだそう」

「はい、父上」

ソワムが頭をさげると、腰から伸びたふさふさの尻尾もおとなしく垂れた。

「道士さま。どうぞ、この子を導いてください。すべてあなたにお任せします」

両親から深々と頭をさげられ、リアンは良心の呵責《かしゃく》に耐えかねた。

連れて帰ってどうするのかと、本当のところを言えば、夫婦同然の契りを交わすのだ。並の人間が想像するような厳しい修行の日々ではない。

甘く優しい新婚生活が待っている。

さりげなくソワムから目配せを送られて、リアンはふっと息を呑み込んだ。

言わずにいるほうがいいこともある。すでに仙丹を持つソワムは、これからもっと如実に時の流れが遅くなる。同年代が年老いてもまだ若いままとなれば、またしても人の世では暮らせない呪いの身体だ。

だからこそ、リアンははっきりと言った。

「なにも心配はいりません。ソワムはわたしが娶《めと》ったと思って、安心してください。必ず、幸せにしてみせます」

「……男、ですよ?」

王妃がふらりと首を傾げる。ソワムは笑いを噛み殺してうつむいた。

父王は瞬時に訳知り顔となり、ソワムの手を取り、リアンの手を取った。それを重ねて両手で上下を挟む。

「いついつまでも、幸せに暮らしなさい」

そう言って微笑んだ。


「父上は、小さなことにこだわらない男だからな」

ふたりの兄や顔見知りから次々に酒を飲まされて、リアンの分も杯を空にしたソワムは星影の道をふらふらと歩く。置き燈籠《どうろう》に火が灯《とも》り、池の水面がゆらりと揺れる。

ひんやりとした山おろしの風に頰をなぶられ、リアンはうっとりと微笑んだ。

「いい夜だ」

忘れがたい夜だと思う。並んだソワムの指が触れて絡んだ。

「この離宮にもよく訪れた。……リアンにも見せることができて、本当に清々しい」

「また訪れる機会はある。都にも……。変わらぬ姿におどろかれるかも知れないが、会えないよりはよいはずだ。ひとまず、御剣の術を覚えなければな」

「俺に習得できるだろうか。いつまでも、相乗りさせてもらえるほうがいいのだが」

あからさまに、背後から抱きつきたいだけの言葉だ。リアンは笑ってかわし、ソワムの肩を指で突いた。

「わたしがあなたの剣に乗せてもらいたいのだ。そのときは、落ちないように、腕のなかに」

「……すぐにでも覚えよう」

「節操なしめ」

「こんなに我慢強い男に、よく言ったものだ」

見つめられてしまえば心までも捕らわれて、とても否とは言えない。

リアンのまつげがはかなく震え、やがて閉じようとしたとき。ざわざわと無粋な足音が駆け込んできた。

「ソワムさま！」

ザッと見渡すだけ数十人の偉丈夫たちが、揃いも揃って機敏に膝をついた。

「旅立たれるとは本当ですか！」

先頭にいるのは大火の日に活躍したテンツー将軍だ。すでに目元は紅く潤み、酒ばかりのせいとは思えない。宴に出ていたのは彼だけだ。

ソワムの今後を聞きつけて、部下を召集したものらしい。

彼らを前に、ソワムはすっきりとした立ち姿で視線を巡らせた。

「本当だ。神託の占い師が暗殺されたのは不憫《ふびん》だが、弟子たちが活躍してくれるだろう。言葉をよく聞き、父上と兄上に仕えてくれ。それが俺の願いだ」

「……御意」

答えたテンツーの瞳から、男泣きの涙がボロボロとこぼれた。整列して膝をつく部下たちもさめざめと泣く。ソワムはそのひとりひとりを巡り、声をかけた。

この国で、彼なりの約二十年があった証拠だ。呪われた身体を抱えながら、新月のたびに人と交わり、心身を厳しく鍛え、幼い身体を引きずって、あの桃園までたどり着いた。

おそらくは、呪いを解いて国へ尽くしたかったのだろう。

しかしどこかで過去の記憶を取り戻し、彼の心もリアン同様に揺れたのだ。

呪われた自分がいなくなることが国の幸福に繋がると、そのような考えに至った日もあるとしたら、あまりに悲しい。

「道士。今夜のうちに旅立とう。いまここで」

「……両親や兄弟へ、別れの挨拶は」

「また会えると言ったのは、あなただ。涙で送り出されるのは性分に合わない」

そう言うと、強がりの笑顔を見せて肩をすくめた。くるりときびすを返し、今度は偽りなく晴れやかな笑顔を振りまく。

「テンツー将軍も、もう泣くな。……俺はまた旅に出る。もしも、忘れがたいなら……」

ソワムが続けて言った言葉に、リアンは肩をすくめた。

恋人のたくましい肩を見つめながら、ふっとひと息の感嘆をこぼす。

ふたりの今後をだれにも阻まれずに済んでよかったと思う一方で、ソワムが毎日忙しくしていたのは、このためでなかったかと思い至る。

一度は食べさせたかった故郷の美酒珍肴《びしゅちんこう》でリアンをもてなし、ひとつの憂いも残さぬようにと手を尽くしたに違いない。

ソワムは一滴の涙も見せず、リアンとともに空へ舞いあがった。飛剣は離宮の上をひと巡り、それから、いまだ復興途中の都の上も旋回する。

背後から腰へまわった手に指を重ね、リアンは後ろを支える男に身を預けた。

そうしていれば、高速で景色が流れ去る飛剣の旅も快適だった。

西の果てが遠くへ消えゆき、重なるふたつの影は、いまや懐かしき奇岩の山並みへとひたすらに天を駆けた。

5

道宮へ帰り着いたのは、暁光まばゆい明け方の時刻だ。

休憩も取らずにひと息に駆ければ、さすがの息切れ、最後はよろめくように広場へすべり込む。リアンは安心しきって身体を委《ゆだ》ね、ソワムと絡み合って転がった。

長い髪が水を流したように広がり、ふたりは浅い呼吸を繰り返す。

「さすがに疲れた。水を取ってこよう」

リアンを抱き起こし、さすがに若いだけあって、ソワムはかけ声ひとつこぼさずに立ちあがる。足取りは少しよろめいたが、両手を天へ伸ばしながら歩いていく。

その体躯は、ひとまわりもふたまわりもたくましくなったように見え、リアンは人知れずの嘆息を転がした。胸がきゅぅっと締めつけられる。

「お師匠さま！　お師匠さま！」

幼さ残る声が響いたのは、リアンの居室から。

戸を開け放って駆けてくるのは愛弟子・ジュンシーだ。

その後ろには、大袖をなびかせて歩いてくる開明君の姿もあった。助けを求めたジュンシーに応《こた》え、ずっと留守を守ってくれていたのだ。

「心配で、心配で、心配で……。おけがはありませんでしたかッ！」

こけつまろびつ、滂沱《ぼうだ》の涙で顔をくしゃくしゃにしたジュンシーが飛びかかってくる。リアンは全身で受け止めて、こらえきれずに転がった。

わんわん泣きじゃくる弟子の肩を開明君が優しく引く。

「これこれ、師匠が潰《つぶ》れてしまうぞ」

笑みを含んだ声で座らせ、リアンにも手を差し出した。素直に借りて、宴に出たままの絢爛《けんらん》な衣装でその場に腰を落ちつける。

「開明君、このたびは世話になりました」

「礼なら三仙女に届けてもらった。西の果ての美酒に珍味。たまには清らかな酒に浸るのもいい」

開明君が冗談めかして微笑むかたわら、ジュンシーはしきりとあたりを見まわした。

「あれ？　ソワムはどうしました」

言うなりまた、ぼろぼろと泣き出してしまう。

「置いてきたんですか。もう、会えないんですか……」

早合点に大きな誤解をして顔を覆い、しゃくりあげて泣きじゃくる。あまりの勢いに、リアンも開明君も言葉を挟む余地がない。顔を見合わせ、大人は揃って小舎を見た。

水差しと湯のみを手にした青年が、まっすぐ歩いて戻ってくる。

すらりとした長身に巻きつけた豪華な織りもの。艶やかに黒い短髪。三角の耳。飄々《ひょうひょう》とした足取りにまぎれて毛並み豊かな尻尾の先が見えて隠れて。

「あぁ、ずいぶんと泣いて……。よほど、心細かったか」

疲労のわずかに滲んだ声で言い、ひたりとした視線を開明君へ向ける。

「なぜに、わたしを見るのかな」

「なぜだろうな」

臆《おく》せず応えるソワムと泰然と受け止める開明君のあいだで、見えない火花がちりちりと音を立てたような、立てないような。リアンはあきれ半分の吐息を転がし、泣きじゃくっているジュンジュンシーの肩に手を置いた。木綿の衣の上から優しく撫でる。

「ジュンジュン。泣くのはおやめ。さぁ……」

突っ伏しているのを抱き起こし、涙を拭《ぬぐ》ってやる。

「弟弟子なら、そこにひとり。ちゃんと連れて戻ってきた」

メソメソ泣いていた少年が目を見開いた。パッと勢いよく振り返る。

そこにはたしかに、開明君と無言の丁々発止を相交わす、大きな体軀の青年がひとり。

「こら〜っ！」

姿だけなら最年少のジュンシーが、涙を飛び散らしながら、ぴょんと跳びあがる。

「開明君に、なんて態度を！　一人前の、顔をして！」

袖を引かれたソワムは笑いながらよろめいて、水差しと湯のみを両手にジュンシーへ抱きついた。

「ただいま、兄弟子。あぁ、この匂い……。ジュンシーだ」

「ええぃ。上から抱きつくな……っ。生意気、生意気！」

涙を拭いながら足踏みを繰り返してジュンシーが叫ぶ。

どちらが年長で、どちらが年少か、まるでわからない光景だが、兄弟子を尊重したソワムは片膝をつく。頭を低くして言った。

「ダナ・ソワム。帰ってまいりました。また一緒に修練を。よろしくご指導ください」

「帰ってきたら帰ってきたで、なんだか、かさばりますね。小さいままにしておいたほうがよいのでは？」

ジュンシーがリアンへ訴えてくる。ソワムはおどろき、両肩を引きあげた。

「なぜ！　背が高いほうが役に立つ！」

「開明君へ無礼を働くだろう。いっつも突っかかって」

「……突っかかるとは？　そのように、こどもじみたことはしない。これは、牽制《けんせい》だ」

「牽制？」

理解しないのはジュンシーひとりだ。リアンは笑いを嚙み殺し、ジュンシーの肩へ手を置いた。それから、ソワムをそっと見据える。

「それぐらいにしておきなさい」

「はい、道士」

返事だけは素早く利口だが、見つめてくる瞳はうっとりとして、とろけるようだ。なにもわかっていない。

受け止めるリアンも心乱れて、いますぐにでもくちびるを重ねたい気分に引き込まれる。ゴホンと咳払《せきばら》いをしたのは開明君だ。

「とりあえず、そなたらは水を飲んでいなさい。ジュンシー、おいで。旅の疲れを取るには足湯だ。湯を沸かそう」

そう言って手招き、炊事場へ入っていく。

リアンとソワムは欄干近くの卓に落ちついて、湯のみで水を飲んだ。喉を潤し、景色に目を向ける。西の果ては、はるか遠く、どこにあるのやら。

見えるものは、突き出た奇岩の重なり、もやにけぶる幽境の瑞々《みずみず》しい妖《あや》しさばかりだ。

「帰ってきた」

深い息を吐き出して、ソワムが言う。

その言葉に、リアンはうつむき微笑んだ。彼にとってはもう、ここが家だと思い知らされる。

「ジュンシーにも、いつかは打ち明けなければならない話だ。雰囲気で察してもらおうなどと思えば、存外にこじれてしまう」

水より酒が飲みたいような顔つきで、ソワムは肘先を卓に預けて言う。

リアンは思案顔で小首を傾げた。

「そうですね。あの生真面目な弟子のこと……。泣いて喚《わめ》いて、開明君のもとへ家出すらしかねない。と、すれば……なにを、打ち明けるのか」

「俺とあなたの関係を」

「遠い縁《えにし》を？」

「いえ、今世の契りを」

言われて、リアンの頬が朱に染まる。うつむいても隠せず、身体ごと背けた。

「閨房術だと言えば、ごまかせるのでは……」

「弟弟子が閨にはべるなら、自分も、と……。そう言われたら、どうする？　俺はとても耐えられないな。……閨のなかで、あなたがどうなるか。もう知っているわけだから」

「……そういうことを」

乱されて喘いだ記憶がよみがえり、リアンは不機嫌に姿勢を正した。

恥ずかしいのはこちらばかりかと思えば、対抗意識がむくむくと大きくなる。どうにかして一矢報いようと振り向いたが、なまめかしく眺めてくる瞳と視線がぶつかって、あっと小さく叫んでしまう。

また顔が火照り、指の先まで痺れてくる。

「俺からでも開明君からでも……。伝えることが大事だ。あぁ、見えて、俺より年はぐんと上だろう。色恋の沙汰《さた》も噂ぐらいは聞いているはず」

「……では、わたしから話そう」

リアンが答えると、ソワムは頬をゆるめて微笑んだ。

「なにもごまかさず、俺を伴侶《はんりょ》にすると伝えて欲しい」

瞳だけは熱く燃えて、なにひとつ譲らない強情さで見つめてくる。燃えて溶かされるのは、叶《かな》わなかった願いと執着の亡骸《なきがら》。ようやく手放すことができる。

「泣いて嫌がられたら、どうしようか」

リアンの言葉にソワムが笑う。

「それは困るな、おおいにありえる」

笑い続けているうちに湯が沸いたと呼び声がかかる。足を清めて、着替えを済ませ、廟に詣《まい》ったあとで休憩を取った。それぞれの居室へ戻る前には、ささやかにくちづけを交わし、かかった時間とは無関係の長い旅路の疲れを溶かす。

深い眠りから覚めると、溌剌《はつらつ》とした昼下がりの気配が窓辺から差し込んでいた。

気力の消耗はそれほどでもない。御剣の術を最高速度でおこなうぐらいであれば、半日で仙気を養える。

これも、ソワムとの閨房術で仙丹の瑕疵を修復したおかげだ。

髪を直し、衣を整える。着慣れた深衣に内衣の紅色。上衣《じょうい》下裳《かしょう》と身につけて、淡い紅色の濃淡、桃花の合わせとなる。

帯にさげた玉佩は、砂楼国でソワムから渡されたものだ。交換したままになっている。

大きな環とふたつの翡翠玉。どちらにも繊細な紋章の細工が施され、彫りが指に心地い い翡翠の形は、よく見ればこぼれんばかりの花手鞠《はなてまり》になっている。

名付けるならば、桃花手鞠の玉佩だ。

指先でさっとなぞり、半分結いあげた髪にも桃紅珊瑚《さんご》の玉を挿す。

戸を開け放って外へ出ると、開明君とジュンシーは碁の最中。すでに起きていたソワムが炊事場から顔を出したところだ。ふかしたまんじゅうを頬張り、かろやかに手を振ってくる。

リアンはにっこりと微笑んだ。

万事が万事、つつがなく。思う通りの景色がここにある。

開明君へ会釈を向けて、颯爽《さっそう》と広場を横切った。下方へ向けて紅色が濃くなる大袖が翻り、艶やかな髪が背中で波を打つ。小舎のあいだを抜けて観月台へ向かう途中、戸口にもたれているソワムを目で呼んだ。

もの言わずとも心得た顔で引き戻し、観月台に結跏趺坐したリアンの向かいに腰をおろす。胡弓を手にしたふたりは、やや斜めに身体を開き合う。

弦を締め、目配せはほんの一瞬。

リアンが弓をかまえると、引くより早く、ソワムが押した。音は前後して重なり、共鳴する。

蒼穹《そうきゅう》のいずこまでも冴え渡り、奇岩の山並みには、たなびくかすみ。降りそそぐ光を浴びれば七色にかがやいて、遠く枯れた桃園に慈雨が降る。

ときどき視線を絡めて合図を交わし、ふたりだけの音曲は複雑に絡み合う。

久方ぶりの雨ふらし。澄ました耳に、桃の葉を揺らして喜ぶ木々の枝。

いくつの蕾が生まれ、花が咲き、散っていっそう、西王母の果実はいきいきときらめき育つ。

百年千年《ももとせちとせ》、数千年。

ひとつひとつに呪《しゅ》がかかり、不老不死に、若返り。妖魔を仙に、人を仙に。

胡弓の響きは悩ましく絡み合い、木々の飢えをすっかり満たして終わる。

どちらからともなく嘆息を吐き、弓を置いた。

「あなた用の楽器を用意しなくては」

晴れやかに言ったリアンに対し、ソワムは表情をわずかに曇らせる。拗《す》ねたような目がちらりとそれた。

「どうした」

「……いや、問うまでもないことだ」

答えを聞いたリアンは首を傾げる。

「はて……」

「憎らしいな。半日眠れば、もう満ち足りた顔をして」

満ちると言われて閃《ひらめ》いた。月白の肌が淡く染まり、ソワムよりははるかに長く生き続けているリアンは、もじもじと袖の端を摘《つ》まんで揉《も》んだ。

もちろん、同じことを考えている。砂楼国の離宮にいるときから考えていた。

これからは夫婦同然。閨房術の伴侶となる相手だ。よい日取りを選び、ねんごろに。

考えれば考えるほど、頭の芯《しん》がぽぉっと茹《う》だり、妙に浮ついてまとまらない。

それを知っているかのように、ソワムの手が伸びてくる。しなやかな青年の指に爪の先を摑まれた。

「今夜……忍んで、いく……」

ふたりの身体が近づいて、やわらかなくちびるが重なろうとした。

そのとき、かろやかに笑い声が降ってくる。

「あらあら。気づかれてしまったわ」

「さぁさぁ。続きをどうぞ」

「どうぞ、どうぞ」

にぎやかしく急《せ》き立てながら、雲の上に腰かけた三仙女は、惜しげもなくさらした御足をぶらぶら揺らす。並みの男なら、よろめき引きつけられて、観月台から転げ落ちてしまうところだ。

「見物させるために、しているわけではない」

はっきりと答えたソワムが背筋を伸ばす。威風堂々、居並ぶ佳人に視線を巡らせ、あごを引いてにこりと笑った。

「先だっての力添え、心から感謝する。おかげで故郷は安泰。俺はこうして、ここにいられる」

「それはもう、愛しの道士さまですものねぇ」

上の仙女がなまめかしく含んだもの言いをした。それに続き、中の仙女は袖で口元を隠して笑う。

「お戻りになったと聞いて、祝いの酒を」

「今宵《こよい》は宴会をいたしましょう！」

最後は末の仙女がくるりと回転しておりてくる。かと思うと、うっとりと目を細めた。

「ふわふわ……狼さんのふわふわ……」

どこで手触りを覚えたものか、夢魔に吸い寄せられるような足取りでソワムの背後へまわった。パタンパタンと動いている尻尾を追う。

砂楼国でリアンの知らぬ間にやりとりがあったのだろう。ソワムは素知らぬ顔で少女をあしらい、右へ左へとかわしながら無駄動きさせる。

上の姉たちは宴の準備をするため、雲に乗ったまま広場へ向かって優雅に飛んでいった。

「あぁ。もふもふ触りたい……っ、もふもふ……」

なおも尻尾に翻弄《ほんろう》されている少女を眺め、リアンは静かに手を伸ばした。えいっとかけ声、見事に毛並みの房を取る。

「これは、わたしの大事な毛並み……」

そう言って、膝に引き寄せる。指をもぐらせて撫でると、ソワムはビクッと身を震わせ、耳まで真っ赤になった。立てた膝に頬杖をつき、なにも言わずに遠くを見つめる。

「少しだけ……少しだけ……。ほんのひと撫でさせてください」

両手を合わせた仙女の愛らしいおねだりに負けて、さらりとだけ撫でさせてやる。

「よい毛並み……、見事だわ」

「くすぐったい」

ソワムのひと声とともにぱたぱたっと尻尾が跳ねまわり、仙女を翻弄、リアンの頬はひと撫でされた。

立ちあがったソワムはなに食わぬ顔で、自分の尻尾をしごいて立ち去る。手にはジュンシーから借りた胡弓を持っていた。

リアンと末の仙女は視線を交わし合い、互いに自分の手のひらを見る。しっとりとなめらかな毛並みの感触がまだ残っていた。

広場に分厚く編んだござを広げ、その上に美しい織りものを二枚重ねる。銘々が好きな場所に座って車座になれば、神仙たちの気ままな酒宴の始まりだ。

このときばかりは珍味のほかにも蒸したまんじゅうや団子が並び、こどもの喜ぶ山査子《さんざし》飴《あめ》も山と積まれた。

ソワムはたらふく呑んで食べて、腹ごなしだとジュンシーを誘って剣舞を始める。

末の仙女は最前列のかぶりつきですっかり魅入られ、両手に山査子飴を持ったまま青息吐息。姉の仙女ふたりも眩《まぶ》しそうに目を細めた。

リアンの隣に移動してきた開明君が、一枚の紙を取り出した。なにやら日付が書きつけてある。

「これは？」

ほろ酔いで明るく尋ねると、涼やかな美貌に月の光に似た青白の翳りが差し込んだ。

「初夜によき日だ。調べておいた」

小声で答えたが、耳ざとい仙女たちは聞き逃さない。末の子を置いて、舞うように開明君の左右へつく。しなやかな指を神仙のたくましい肩へ置き、手元を覗き込んだ。

「初夜と言ったの？」

「まさか、そうなの？」

鈴を鳴らしたような声が前後して重なる。

「……今夜は入っていませんね」

リアンは真面目な顔で書きつけを見つめた。恥じらいよりも先に来るのは、少しでも早く、年下の恋人の念願を叶えてやりたいと思う愛情だ。

つまりまだ、閨ごとのなんたるかをリアンはよくわかっていない。じれるような欲求や爆発しそうな愛しさも、書物で学んだ机上の話だ。

事実、手淫や口淫は快感を呼ぶが、一過性の戯れに過ぎないとさえ思っている。

開明君と仙女たちは顔を見合わせ、直近の日取りを探す。

「三日後ね」

中の仙女が言い、上の仙女が眉をひそめた。

「三日も待たせるなんて。あれほどの男を日照りにする、その性根が恨めしいわ」

「心は通じているんだ。飢えるほどに待てばよい」

開明君はどこか投げやりに言い、書きつけをリアンの袖口へ投げ込んだ。

「それでは三日後。日取りは決まった。夕刻には訪ねて、ジュンシーを預かろう」

「……わかりました」

はにかみながら、リアンは夕映えを背に舞うソワムを眺めた。

戯れなら戯れとして、触れ合いたい気持ちは常にある。

あるからこそ、考えずにいるのだ。なにも知らない生娘のような顔をして、なにもかもを知り尽くした放蕩者《ほうとうもの》のふりもする。

胸のざわめきが大きくなり、ときめきも膨れあがっていく。

昔のことは明け空の星のように薄れていき、いまはもう、たったひとつのかがやきが胸にあるばかり。

「それはそうと、彼……」

「そうね、開明君。手ほどきは必要なくて？」

「……しぃっ！」

開明君が人差し指をくちびるの前へ立てたが、すでに遅い。

聞きつけたリアンの瞳は、またたく間についいっと細くなる。たちまちに、ゆらりと立ちのぼった悋気《りんき》が、戦いにさえ長けた美女たちを震えあがらせた。

「必要は、ない」

目を細めたリアンは、はっきりと言う。聞いた開明君は羽扇を取り出して、ふわりふわりと優雅に振った。

「初心《うぶ》なわりには嫉妬が激しい」

笑いながら目をそらし、リアンから叱り飛ばされる前に浮きあがった。白檀《びゃくだん》の香りを残し、飛んだ先は少年と青年の真っ只中。

「おまえの孤独が生まれ変わるまで、あと三日。……どれほど丹を練られるか。それは努力次第だ。鍛えてやろう、小童《こわっぱ》」

ジュンシーをさがらせて、開明君はパッと羽扇を開いた。天空の風が回旋して、乱れ稲妻が夕闇《ゆうやみ》に火花を弾く。

「お師匠さま。これは大変……。ソワムが死んでしまいます」

転がるように助けを求めてきたのは、剣舞の途中で退場させられたジュンシーだ。ふたりの視界の端では、神仙と獣人のつばぜり合いが始まっている。

「ソワムは急いで丹を練らねばならないのよ」

若い仙女がジュンシーの肩を抱き寄せる。甘い匂いによろめくと、反対側から熟した魅力が頰を引く。

「開明君に任せておけば、地仙相手に一晩……。心ゆくまで楽しめてよ、リアン」

最後の流し目はリアンへ向けられた。美しい仙女から手玉に取られ、ジュンシーは言葉を発することもできないでいる。

リアンは目を伏せ、腰をあげた。ジュンシーの手を引いて立たせる。

「話があるから、こちらへおいで」

そう言って促し、欄干のそばに師弟は並んで立った。

残された仙女たちは、鳴り物を持ち出し、ソワムと開明君が繰り広げる特訓の応援を始める。

にぎやかすぎる大騒ぎは、ここに暮らして三百年。初めての光景だ。

「話とはなんでしょうか、お師匠さま」

素直な愛弟子《まなでし》に見あげられ、リアンは小さく「うん」とうなずいた。

ふたりのそばに風が流れ、やわらかな花の香りに包まれる。

「ソワムのことですね」

敏《さと》いひと言に、リアンはまたうなずく。しかし、だんまりもここまでだ。

この先は、自分から話すべきことだった。

「彼を桃園で拾ったとき、内丹がすでに仙丹の域まで練られていると、わたしは気がついていた。興味を引かれ、手元に置いて、遠い昔の友人に……よく似ていると情が移った」

言いながら、リアンは清々しさを覚えていく。

「気がつけば、彼を特別に……。ジュンジュン、……この呼び名をおまえは嫌がるけれど、わたしはそれほどおまえをかわいいと思っている。だからね、ジュンジュン。おまえはわたしの第一の弟子。ソワムは第二の弟子。……認めて欲しいと思っている」

「なにをですか」

まっすぐな眼差《まなざ》しが、玻璃《はり》のごとくにきらめいた。嘘《うそ》や偽りはすべて見抜かれる。その純粋さに懸けて、リアンもごまかしは口にしない。

「彼が、わたしの伴侶になることだ」

リアンの告白に、ジュンシーは目を細めた。眉根を引き絞り、ぎりぎりと首を傾げる。

「男同士ですから、義兄弟では……」

生真面目に言いながら、なおも考え込む。

「呼び名はなにでもよい」

リアンは笑って答えた。

「わたしの心の片隅には常に彼がいる。わたしもまた、彼の心に棲《す》み続けたい。愛しているんだ。……ジュンジュン、これはまだソワムにも言っていない。おまえだから、教えたんだよ。秘密にしておくれ、三日後までは」

胸に溢れる幸福を、どうにか分けたくて微笑むと、心細げな少年の瞳にきらりと光がまたたいた。利口な表情でうなずく。

「はい、お師匠さま。約束は必ず守ります。ぼくはこれからも、あなたに従い、弟弟子とともに精進を重ねて、必ずや立派な神仙となります。それまでの努力に、どうぞお力添えください」

「……頼りになる愛弟子だ。ジュンジュン、わたしのジュンジュン」

ソワムに出会うまでの底なしの孤独を癒《い》やしてくれた、愛らしくにぎやかな少年だ。いつもそばに控え、いつも楽しげに笑い、新月の闇を恐れる純真な子。

やがては、他人を知り、恋をして、胸を痛めたり舞いあがったりするのだろう。

そのときもきっと、ソワムとふたりで見ていたい。

あげ髪を布で包んだ頭を撫でると、ジュンシーはくすぐったげに肩をすくめた。

これですべての手はずは整った。

心落ちつき、さだめも決まり、あとはただただ恋路の先へ。

肩越し、ちらりと広場を見ると、手加減されているとはいえ、開明君を相手に、ソワムはずいぶんと健闘していた。

身体能力の高さも一族の誉れだろう。優雅に揺れる羽扇の一閃《いっせん》をとんぼ返りで受け流し、型を崩さぬ盤石な足腰の強さで剣をかまえ、紫電を切り返す。

開明君の月影清《さや》かな銀白の髪が大袖とともになびき、ソワムの外衣の裾も複雑なはなびらのように波打って沈む。

手前に並んだ仙女たちは、酒を片手に、どこから持ちだしたものか、銅拍子や摺鉦《すりがね》を打ち、甲高く笑いながらふたりを囃《はや》していた。

それから三日間。

開明君は朝からやってきて、ソワムの修練を手伝った。瞑想《めいそう》から始まり瞑想で終わるが、あとは休む間もないほどの応酬だ。

開明君はときに羽扇、ときに長槍、愛剣さえ惜しげもなく振るう。加減はしていても、当たれば大変なことになるが、受けて立つソワムは生来の性質らしく、誠実に取り組みながらもどこか飄然《ひょうぜん》としていた。

鉄剣も青竜刀もよく使い、槍に対抗しては棍棒《こんぼう》を器用に操った。

打ち合うふたりは闘気みなぎらせてもどこか優雅だ。

茶など飲みながら眺めるリアンは、閨房術も初夜も忘れた顔で、爽風《そうふう》かくやと舞い飛ぶふたりに気を抜かれた。と見せかけて、その実、すっかり年下の恋人に骨抜きで、照れ隠しの笑顔を作ることさえ難しい。

ひと夜ひと夜と過ごすたび、おのれの欲どうしさに身が焦がれる。

隠し螺旋《らせん》にひとりで入り、閨房術の書物を読み漁《あさ》り、行方の知れない竜陽図《りゅうようず》を探してしまうこともあった。心待ちにしていると言えるほどの余裕はなく、あえて言うならば、落胆させたくない一心だ。

そういう気持ちが日に三度のくちづけにも表れて、ふたりはどこかぎこちなくくちびるを合わせるようになった。瞳は伏せて、言葉少なく距離を取る。

これで、本当に、初夜など迎えられるのだろうかと、リアンが花の吐息を洩《も》らしたとき、またしても三仙女が現れた。

「お支度しましょう、道士さま」

からかうように、ホホホと笑い、気づいたときには雲に乗せられてひとっ飛び。滝壺《たきつぼ》のある泉にわざとらしく落とされた。玉佩だけは身から離すまいとしたリアンはざぶんと落ちる。

衣を剝がれて、髪を解かれ、深衣一枚の薄衣で肩まで浸《つ》かる。流れ落ちる滝には白い花々が混じり、見れば末の妹が籠《かご》を抱え、懸命に花吹雪を散らしていた。

「まず、なにをすべきか、心得ておいでかしら」

しっかりと沐浴《もくよく》させたリアンを泉から引きずり出し、岩場に座らせた上の姉が問う。

「……そうですね」

逆らえばこわいと本能で悟り、されるに身を任せながら思案した。

「わたしが彼を導いてやらなければ。床へ誘って、横たわって……」

「あなたが彼を……？」

髪に香油をすり込んでいる若い仙女が、髪を掴んだままで顔を覗き込んできた。

「あら、まあ……。そのおつもりで」

「え？」

「まずは、そうね」

リアンの肘先へ香油を伸ばした、年長の仙女が笑う。

「寝台の端にでも腰かけて、互いの目を覗くことよ。それからね、あなた方は、どちらがどちらと決めなくては」

「と、いうと……」

「陰と陽です」

「あぁ、それなら、わたしが陰でしょう。彼に触れるとよくわかる。彼にさせては、成るものも成らない」

「あら……」

ふたりの仙女が目配せを交わし合う。

「相思相愛とはまさしくこのことだわ」

「たしかにそうなのですが……」

言い淀んだリアンは顔を伏せた。末の妹が撒《ま》いた花が、足の先までくるくると回転しながら流れ着く。

「閨房の技は不心得で……。互いにそうだとなると」

「てっきり、溶け合うほどに抱き合った仲だとばかり……。雰囲気なぞ、あてにならないものねぇ」

なまめかしい頰に指を添え、熟した魅力の仙女が首を傾げる。

百戦錬磨の雰囲気に押され、リアンは苦しまぎれに答えた。

「互いに触れたことはありますよ。わたしの仙丹を満たすために、彼の力を借りたことが……」

「それとは、また別の感じではないかしら」

リアンの髪を櫛でけずりながら、若い仙女はどこかうっとりと言った。

「心通じて指触れ合って未来を誓う初夜でしょう。術も技も、なにの役に立つのかしら」

「そうね、そういうものね」

姉妹はふふふと笑い、リアンの髪を半分結いあげる。

さらに、どこからともなく持ってきた新しい衣をリアンに着せた。肌を見ずに着せ替えて、雲の上へ乗せられる。

「これではまるで、婚礼の儀式のような」

ぼそりとつぶやくと、またやわらかな笑い声が返された。

仙女たちが雲を走らせ、道宮へ戻る。ソワムをはじめ、ジュンシーの姿も見当たらず、リアンは勧められて雨ふらしに一曲を奏でた。

それから廟に詣り、居室へいざなわれる。上の姉妹はリアンの左右に一歩遅れて続く。

戸を開くと、居室のなかからも甘い花の香りが溢れ出す。

末の妹がはにかみながら一礼したのは、自分の仕上げた褥《しとね》を見せるためだったろう。寝具はすべて赤い絹に替えられて、部屋の灯《あか》りも紅い布に変わっている。

寝台の天蓋《てんがい》からも紅色の布が垂れ、精巧な刺繍と無数についた房飾り。枕元《まくらもと》の手桶《ておけ》には、水が張られ、薄紅色した桃の花がいくつか浮いていた。

リアンは黙って少女へ会釈を送る。出ていく背中を見送って、閉じる戸を見つめた。

仙女たちの手が伸びて、長衣が脱がされる。

おどろきもせず受け入れて、差し出された紅色の深衣に着替えた。下着もつけず、きっちりと着込んで寝台へ座る。

肩からかけられたのは、繊細な紗の布だ。やはり透けても紅く、リアンの心はピンと張り詰めた。まるで胡弓の弦のようだ。

風が吹くぐらいではたじろぎもしないが、優しくこすれ合う弓を待っている。ひとたび触れられたら、どれだけせつなくよじれた音を放つのか。

想像するのはおそろしく、頼りになるのは伴侶となるべくやってくるソワムだけだ。

やがて、戸が叩かれた。若い仙女が立ちあがり、応対へ出る。

黄昏《たそがれ》の空がちらりと見えて、リアンはうつむいた。長姉の仙女が紗の布をおろし、リアンの視界は紅色を透かした世界になる。

「これを、どうぞ」

渡されたのは、桃花手鞠の玉佩だ。

「わたしたちも、これにて道宮から離れます。よき伴侶と、弥栄《いやさか》に」

甘く優しい言祝《ことほ》ぎが残されて、ふたりの仙女はしずしずと部屋を出ていく。代わりに入ってくる気配がして、戸が閉まり、かんぬきがひとりでに動いて栓をかける。

寝台のまわりだけがほのかに明るい室内を、ソワムが静かに近づいてくる。リアンの目の前に片膝をついた。

差し出されたのは、渡したままになっていた桃花双環の玉佩だ。それを交換して、ソワムが紗の布を持ちあげる。

膝で這うように近づいてくる気配に、リアンはゆっくりとまつげをしばたたかせる。目の前の身体からは伽羅《きゃら》の香が強く立ちのぼっていた。そして、なにかをこらえるかのように、苦しげに引き絞られた眉根が見える。

そのとき急に、ソワムが伏した。頬がリアンの膝に押し当たる。

「待っていた。このときを……っ」

震える声は切実で、情欲よりも深いなにかに囚《とら》われていた。感情が大きな渦をつくり、雲が集まるかのようにかき乱れて火花が散る。

リアンの指がソワムの耳に触れ、やわらかく肉厚な三角耳を、親指とその他の指のあいだに挟む。そっと揉みしだく。

「……リアン、逆効果だ」

緊張をほぐそうとしたことに気づいたソワムが顔をあげる。精悍な青年の表情はいまにも泣き出しそうに歪み、直後には凜々しく引き締まる。

おとがいに指が当たり、軽く摑まれ、ふたりは顔を近づけた。

そっと触れ合うくちびるとくちびる。

甘い吐息と激しい欲望。

隠しきれずに舌が絡み、紗の中でどちらからともなく息が乱れる。

玉佩を指にかけたソワムの手が、閉じたリアンの膝を摑む。強い力で左右に開かれ、リアンは息を詰めてのけぞった。その背中を抱かれ、足のあいだにソワムが陣地を取る。

強引だが、乱暴ではなかった。

ソワムの全身から溢れるのは、留まるところを知らない恋慕の情だ。

「愛している。リアン」

ひと息に訴えかけられ、リアンはまつげを震わせた。答える言葉は喉元まであがっていたが、感情が昂《たか》ぶりすぎて声にならない。

代わりに、ひしっと見つめて身を寄せる。ソワムの首へ腕をまわし、力の限りに抱き寄せてくちびるを深く重ねた。ひとしきりのくちづけを交わし、腰を押しつけ合う。互いの熱が硬度を増し、あられもない声がこぼれそうになる。

リアンは空気を求めて顔をそらし、ソワムがふたりを包む紗の布を取り去った。

「そうだ。結界を……」

言うが早いか、立ちあがり、桃花双環の玉佩を枕元の天蓋へ吊《つ》るした。それから、桃花手鞠の玉佩を足元の天蓋へ吊るす。

「あとは道士の結界を。そうしなければ、神仙の千里眼に覗かれると、ジュンシーからの助言だ」

「あぁ、なるほど」

愛弟子の名前を聞くと、緊張がふっとほどけて楽になる。

リアンは立ちあがり、書き物をする机から護符を六枚取り出した。扇状に広げて持ち、揃えて伸ばした右の人差し指と中指で宙に呪の文様を描く。護符は青白く光り、撒くように放つと四枚が四方の角へ飛び、残りの二枚が玉佩の前へ飛んだ。

リアンは素早く印を結ぶ。

発動の呪言《じゅごん》を唱え、両手をパチンと打ち鳴らす。合わせて六回。

そのひとつごとに、宙に浮いた護符が青く燃えて消えていく。瞬間、複雑な線と模様が部屋全体に走りまわった。

「これでよい」

紅色の初夜の衣装で、リアンはしなやかに振り返る。

見つめてくるソワムの視線に求められ、長い髪を揺らしながら寝台へ戻った。ソワムに手首を摑まれ、腰を引き寄せられる。

立ったままで見つめ合い、相手の頬に指をすべらせた。

互いを確認し合えばきりがない。ここ数日のぎこちなさも手伝って、相手の肌の感触がこの上なく心地よくて胸が乱れる。

覆いかぶさるように抱かれ、リアンは手のひらへ頬を預けた。差し出すような、もう片方の頬にソワムのくちびるがすべり、吐息が絡んで、くちづけが始まる。

くちびるをついばまれ、舌先に舐められ、息をするたびに深く重なり合う。

ソワムの腕のなかでぶるっと震えると、彼もまた同じように震えて、背中にまわった手が所在なさげに正絹の深衣を波立たせた。

若い欲望の火は、どれほど理性で抑えても燃えさかる。すぐにリアンにも飛び火するに違いなく、ふたりは真っ赤に燃える恋の炎で焼かれるほかに術《すべ》がない。

ちりちりと、ふたりの過去が焦げる音を聞き、リアンは両腕をたくましい肩へ這いあがらせた。しがみつくように引き寄せる。

「ひとつに、なりたい……」

情熱に焚《た》きつけられ、声はよじれるようにかすれた。下半身が重だるく熱を帯び、いつかの再来を待ちわびている。

「……触って」

胸を寄せて身を任せた。

これが年上の手管だとはとても言えない。それはリアン自身、よくわかっていた。

恥ずかしくなるぐらいにてらいのない誘いだ。

それでも、対峙《たいじ》する若い男は動揺した。隠そうと虚勢を張っても隠しきれない。

一瞬、獰猛《どうもう》な視線がリアンを射抜き、ぐっとこらえるのがいじましい。なにもかもを食い荒らされてもかまいはしなかったが、それができるソワムならとっくに抱かれている。

ふたりの前世と、ふたりの過去と、そしてこの巡り会いを奇跡だと感じるから、ソワムは一挙一動に細心の注意を払うのだ。

ひとときの欲望に流されて、貪《むさぼ》るような無粋はしない。

「幻滅したりしないから……」

そっとささやき、若い恋人へかすかに笑う。

「あなたも、そうでないなら……」

いいのだけど。とソワムへ続けるはずの言葉が宙に浮いた。気づけばふたりして寝台へ転がり、ソワムにのしかかられていた。

「俺が、幻滅なんて……本気で？」

挑むような瞳の凛々しさに、ぞくっと腰が痺れた。リアンの衣の裾は乱れ、月白の肌が薄暗がりに浮かびあがる。布を剝ごうとしたのか、戻そうとしたのか。ソワムの指が肌をかすめ、耐えきれずに喘ぎが洩れた。

「あ……っ」

不意打ちのあえかな嬌声《きょうせい》だったが、ソワムはぐっと目を閉じて動かなくなる。

「……ソワム？」

心配になって声をかけると、突っ伏すように肩へ額が押し当たった。

「興奮する。すごく……。俺のなかのなにかが暴れ出しそうだ。欲しくて、欲しくて、たまらない」

「……焦ることは、ない」

年上ぶって、うなじの髪を撫でてやっても、指先は熱く火照って汗ばんでいく。求めていることは同じ情熱だ。

「どこがつらい……？　してやろう」

そっとふたりのあいだへ指をすべらせる。もうすでに猛《たけだけ》々しく育っている腰のものを探りあて、布越しに爪で掻いた。

「ふっ、く……」

ソワムの身体が一気に熱を帯び、伽羅の香りがあたり一面に飛び散っていく。逃げようとする腰を引き戻し、リアンは衣を乱した。直《じか》に触れる。

やはり根元からたくましい陽物だ。雨あがりのようにしっとりと湿った下草を混ぜ、爪や指の側面で形をなぞる。動かすたびにソワムの腰は跳ね、恨めしげな息づかいがリアンの耳元でかすれていく。

小さな喘ぎさえ聞こえ出すと、たまらず逆手に握りしめた。ソワムの腰が二度三度と動き、拗ねた目つきに顔を覗き込まれる。

ソワムはふっと頬をゆるめた。自分がどれほど淫《みだ》らな顔をしているのかは、想像さえしない。それを知るのはただひとり。この時間を共有する男だけでいい。

「よくなってる？」

「楽しそうだ」

眉を跳ねさせたソワムはいたずらに顔を伏せた。リアンの手筒に腰を使いながら、あざやかな紅の絹に額をこすりつける。

熱い息が生地を通して伝わり、リアンはたまらずに腰をひねった。胸のあたり、男としては飾りでしかないそれがくちびるで弾かれる。

「ん、んっ……」

悶《もだ》えた瞬間に片膝を立てるように促されて肌が剝《む》き出しになった。そこへ汗ばんだ大きな手のひらが這えば、なにの抵抗も意味をなさない。

「あ、あっ……」

胸の突起が布ごとこねられ、そのたびごとに見知らぬ興奮に飲まれていく。

快感には違いなかった。こんな感覚があるのかと、痺れる肌におどろくほどこわくなる。

こわくなればもっとたしかなぬくもりが欲しくて、ソワムの衣を乱して剝がす。素肌にくちびるをすべらせながら、同じようにはだけてさらされる心細さに震えが走った。

「優しくないか？」

ふと、胸から戻った瞳に覗かれる。精悍な瞳は真摯《しんし》にきらめき、恋の欲に溺《おぼ》れながら、リアンだけを必死に見つめていた。

「乱暴なら、そう言ってくれ」

「……そのままで」

ふたりの腰が触れ合って、リアンは指の関節を噛む。のけぞりながら足を開かされた。

くちづけが降りそそぎ、全身のあらゆるところを咬《か》みしめられる。求められている実感に浸りきったリアンも足を絡ませ、腕を絡ませ、たくましく張り詰めた青年の肌を味わっていく。

恍惚《こうこつ》とした悦楽の甘さを貪り合い、互いの花芯を吸ったり舐めたり、指でなぞりしごいたり。思うままに身を重ねる。

　ソワムはときどき大きく腰を震わせて、吠《ほ》えるようなうめきをこぼした。

　それが絶頂をこらえているのだとは、まるでわからないリアンだ。

　初心なままで解きほぐされ、白桃につやめく双丘のあわいを舐められたときはさすがに逃げようと試みた。恥ずかしくてたまらず、それを訴えることもできずに惑う。

　震える声でやめてと言ったか、言わなかったか。

　ソワムの舌が這い、たっぷりと濡らされて、用意された香油の類《たぐ》いが塗り込まれる。媚《び》薬《やく》でも仕込まれているのではないかと怪しみたくなるぐらいにリアンは乱れた。

　舌と指とでいじめられ、全身から汗が滲んでくる。

　たまらずに指先で寝台を掻けば、初夜の褥がいっそう乱れていく。

「あ、あっ……いや、いや……」

　言えばやめてくれると、本気で考えていた。腰をよじらせ、逃げ惑い、肩越しにソワムを見据える。

「そうか。見つめている方がいいな」

　若々しい照れ笑いで言われ、リアンは軽く衝撃を受けた。とんだ勘違いだ。

　コロリと転がされ、仰向けになる。ソワムの手が、忘れずにリアンの長い髪を助け出す。

軽いくちづけ。そして指はいっそう深みを探る。

「……ちがっ、あっ……あああっ！」

同時に胸の突起も舌に転がされ、蜜《みつ》をこぼす花芯も手のひらに隠された。

快感は至るところから芽吹き、喘ぎにまぎれて花開く。

そのときが近いと悟れば、途切れ途切れの息のなか、ソワムの腕に指をすがらせた。膝に力が入らず、疼く身体を隠せないのが、なおも恥ずかしい。

「もう、俺が限界だ」

眉間を引き絞り、恋人は懇願するように苦笑を浮かべた。それから、頬と頬をすり寄せ、首筋を強く吸う。

「んっ……」

首筋から鎖骨へ、くちびるが動くのと同時に快感が流れ、気の削《そ》がれた瞬間にたくましい宝珠のような先端が押し当てられた。

「……ぁ」

リアンは小さく喘ぎ、重なり合ったソワムの腰が前へすべる。ぐぐっと圧がかかり、挿入の衝撃が渦を巻く。ひとつの混沌《こんとん》がリアンを呑み込み、閉じたまぶたの裏で天体が燃える。

星々のまたたき、銀河の渦。呑み込まれて、身体が引き裂かれるかと思うほどの驚嘆がねじれていく。正体は、爛《ただ》れるほどに熱い快感だ。悦が全身を駆け巡り、愛しさに焼かれて悶えが走る。

「あああっ！」

のたうつ身体を貫くソワムが、ほんの瞬間、戸惑うようにリアンの肩を押さえた。

「……痛いのか」

「んんっ、ん……」

「わかった。慣れるまで、こうしていよう」

強がる声は震えていたが、破瓜《はか》の衝撃を想像すれば無理強いのできる恋人ではない。精悍な額に玉のような汗を浮かべながら、奥歯を嚙みしめて耐える。動きはゆるやかにそっと、慎重さを極めた。

「あ、……ちがっ、う……」

いやいやをするこどものように、リアンは必死に首を振った。

押しが強いのか、それとも優しすぎるのか。

どちらにしても愛されているゆえだと知りながら、自分の腰をよじらせた。

快感がパッと弾けて、どちらからともなく深いため息をつく。

「ソワム……。う、動いて……」

「でも、痛みが」

「うごい、て……」

腰がビクビクと跳ねて、必死にこらえるソワムをきつく締めつける。たくましいソワムの腰がたまらずに動くと、今度はリアンが背を反らしてのけぞる番だ。

「あ、あっ……」

甘い声がこぼれ、手に摑んだ衣をくちびるに押し当てた。

一度動けばもう止まれない。ソワムの腰に翻弄され、リアンはいっそう大きく足を開かされた。身体を二つ折りにされて揺さぶられ、先端から根元まで、余すところなく使われて突きあげられる。

苦しいと思う瞬間には悦が満ちて、抜けそうに離れていくたび、欲が湧いた。

ソワムの汗がぽたぽたと素肌に落ちてきて、口に押し当てた衣が引っ張られる。端で汗を拭いながら、若い恋人はいたずらっぽく笑う。

「声、聞かせて」

ぐいっと衣を奪われ、リアンは口惜しく相手を睨んだ。けれど、まるで力が入らない。

ただしっとりと見つめるだけの仕草になり、腰の動きに合わせて喉が震えた。

しどけない嬌声がとめどもなく溢れ、身体に含んだ陽物が、またひとりでに大きくなる。まるで如意棒のように伸び太り、リアンの身体を貫きながら撫でまわし、少しの隙《すき》もなく快感を塗り込めていく。

「……ソワムッ……、あぁ……、ソワム」

快感に全身を包まれ、どこを舐められても吸われても、繋がった場所へ感覚が通じていくようだ。身をよじらせたリアンはせつなく眉根を引き絞った。

「あ、あっ……達して、しまっ……」

言うが早いか、リアンの昂ぶりが弾けていく。そしてなおも、身体は奥から疼いて止まらない。

「……ソワムっ」

どこか、高い場所へ引きあげられていくようで、目の前に突き立てられた男の腕に指をすがらせた。爪を食い込ませて肩まで這いあがる。

「あ、あっ、あぁっ……」

いっそう激しく責め立てられ、ソワムの腰を挟んだ足の先がピンと伸びた。痺れに似た甘い情感が丹田に溢れて全身へ巡る。

高い場所、さらに高い場所。積みあがる興奮が悦になり、悦は淫らな情欲の渦になる。

落ちればこわいとすがりつけば、甘いくちづけが肌をかすめた。

「おいでよ、リアン。俺がいるから。……ここから、始めよう」

乱れて欲しいと懇願されて、リアンの身体はいっそう開かれる。胸も腹もすべてをさらして、白い肌は薄紅に染まり、全身が激しく打ち震えていく。

「あ、あっ、あああっ……」

腰が律動して、ソワムが吠える。こらえきれずに放った白濁の奔流が、リアンのぐずぐずに濡れた内壁を満たして溢れていく。

互いの腰は動きをやめず、肌のぶつかる音と、かきまわされる水の音。

重なり合った喘ぎに乱れ、リアンはのけぞりながら高みを飛ぶ。

こわいと感じたのはつかの間のことだ。感覚のすべてにソワムが寄り添い、ひとりではないと涙がこぼれる。

「ソワム……。愛している。愛している」

声にはくちづけが返され、甘い瞳に見つめられた。

そのまま、二度、三度と情を交わして、リアンは最後に意識を手放した。

真っ赤な真っ赤な、紅蓮の炎。

どうして、恋に至らず終わったのか。

来世を約束しておきながら、迷いはいつもリアンの胸の内ひそかに沈んでいた。

『もしも永遠の命があるのなら』

胡弓の名手は悲しく笑う。

『すべてをあなたにあげてもかまわない』

それではだめだと、いつも悲しかった。

種族が違うから打ち明けなかったわけではない。

まだ、愛するということがわからなかった。ただ身を繋げば、そこからなにかが生まれるのではないかと、単純な期待を持っただけのことだ。

愛することに恋い焦がれて、本当は彼の本心など見ていなかったのかも知れない。

淡い恋心。あきらめきれなかった想い。

つたない、魂の青春。ひとときの夢だ。


泣きながら目覚めると、眩しい赤が目に飛び込んだ。

ハッと息を呑んで、リアンは現実へ返る。

失った夢は目の前にあり、ほっと心に安堵が満ちた。

過去は過去、いまはいま。

欲しいものは、裸体のままで片膝を立てている、精悍な獣人の青年だ。

動く尻尾を捕まえると、心までがふわふわとやわらかく弾んでいく。

だが、リアンの全身は猛烈に痛んでいた。身体の関節という関節、筋という筋、肉という肉が疲労困憊《こんぱい》の有様だ。どこか飄々としている若い恋人が恨めしい。

仙丹の出来でいえば、リアンのほうがよっぽど強いはずなのに。

「無理をさせた」

朝の光が、窓の隙間から差し込んでいる。

身を屈《かが》めて伸びてきた手が、リアンの前髪をそっと分けた。優しさを装う瞳には、朝日を眺めてもう一度挑みたげな欲が滲む。

節操なしと罵りたいが、身体にくすぶる火はリアンのなかにも残っていた。

見つめ合うだけの愛撫《あいぶ》を交わし、横たわった胸に尻尾を抱き寄せる。優しく撫でて指をもぐらせると、青年の眉がぴくりと跳ねた。

そのとき、戸を叩く音が響く。優雅に三回。またしばらくして三回。

「俺が出よう」

そう言って立ちあがりざまに引き寄せた衣を身につける。運悪く、リアンのそれで、彼には袖も丈も足りていない。腰あたりの紐《ひも》を結ぼうにも身頃が足りなかったらしく、片手で押さえてかんぬきをはずした。

戸を開くと、結界がぴぃんと音を立てる。

向こうから、こちらは覗けない。リアンは寝具のなかで身を潜め、耳を澄ませた。

様子を見にきたのは、開明君か、三仙女か。

聞こえてきたのは、たおやかな笑い声だ。

「朝は避けたが……。邪魔をしたな」

美しい女性の声が朗々と聞こえた。

声質には年配のとろりとした色気があり、リアンはあわてて起きあがった。しかし、顔を出そうにも恥ずかしい。抱かれた一晩で容姿に変わりが出るわけではないが、あれほどの欲に溺れたあとで、まともな表情を作る自信はなかった。

だから、寝具を身体に巻きつけ、首だけ伸ばした。死角になっていたので、すぐに壁にかけた額を見る。うっすらと、景色のようなものが浮かびあがった。

そこに映った客人は、やはり見間違いようのない気品に満ち満ちていた。

清流のような青い衣に、ほっそりとした細い首をしている。高く結った髪。飾りは珊瑚に瑪瑙《めのう》、そして翡翠。

仙女を束ね、数千本の桃園を持ち、さまざまな神々をもてなす高貴な存在。

まさしく、西王母、その人だ。

ソワムはなにも知らず、服装の乱れを謝り、頭をさげている。

「わたくしの桃園の雨ふらしへ、心願成就の祝いを持ってきたまで。あなたも一緒におあがりなさい」

押しつけるように籠を持たせ、西王母はしゃなりときびすを返した。衣が揺れた先に、三仙女の姿が見える。供をしてきたのだろう。胸元でひらひらと手を振って、ソワムに別れを告げて帰っていく。

ソワムが戸を閉めると、部屋のなかに桃の香りが充満した。

「……貴婦人というのだろうな。あなたの知り合いから、祝いの品だ」

そう言って籠を寝台へ置き、その隣へ腰かけた。ソワムの深衣が見つからず、紅い薄布をまとっただけのリアンは微笑んだ。

「あの方が、西王母だ」

「え？」

「そんな姿で会える相手ではない」

笑いが込みあげてきて、肩が揺れる。ソワムは心外だと言わんばかりに肩をいからせた。

「仕方がないだろう。昨日の今日で……」

「向こうもわかっていらっしゃる。物見高く、このときを狙《ねら》ったんだろう。若い男のしどけない姿を見るためだ」

「……こわいな」

「仙女を束ねるお方だもの」

ふふっと笑って、リアンは籠に積まれた桃を眺める。馥郁《ふくいく》たる香りは甘く熟し、誘惑の色味を放ってつやつやと繊毛をかがやかせていた。

「おいしそうな桃だ。俺が桃園でかじったのとは色もつやも違う気がする」

「……まだまだ若い実だったからだ。それでも、常人には触れられない」

「運命が、俺を引き寄せたんだ。いや、俺が、運命を呼んだ」

言い直しながら、ソワムは指先で桃をなぞった。

「あなたの肌のような肌理《きめ》の細かさだ」

ため息混じりに言われて、リアンは真っ赤に頬を染める。

どれ、とひとつ手に取ったソワムがおもむろにかじろうとするので、あわてて飛びついた。腕を引いて動きを止める。

「これは、西王母の桃。……香りと色つや、熟し具合からいって、不老不死の桃だ」

「わかってる。だから、食べたい」

ソワムのまっすぐな目が、不安に揺れるリアンの瞳を射抜いた。

「まだ早いと思うのか」

「……あなたの身体はまだ二十年しか生きていない。それをかじれば、成長は間延びすることに」

ふっとソワムが笑った。凛々しい顔だちにはほんのわずかな幼さも混じり、発展途上の男ぶりがいっそなまめかしいほどに溢れている。

「リアンの好みが年上なら、食べずに返してもかまわないが……」

「え、そんな」

ぶるぶると首を振り、これでは年下が好みだと言っているようで、またあわてて否定に入る。ソワムは楽しげに微笑んだ。

「俺はこれぐらいの年の差がいい。年のわりに初心なあなたを、毎晩抱き潰せたら……ね」

わざと乱暴な言葉を使い、リアンの瞳を覗き込む。

本当は、無体のひとつも働けない男だ。優しくて繊細で、けれども強欲をひた隠しにして、煽《あお》られたリアンが勝手に自滅してしまう。欲しくて欲しくて、気持ちよくて、若い身体に溺れていくのだ。

「……その身体が、こわい」

本音をつぶやくと、指が閃き、肌理の細かい頬をかすめた。

「ごめん、昨日のこと？　……夢中になった、自覚はある」

申し訳なさそうに眉をひそめる素直さに、リアンの腰まわりがじくっと疼いた。

「わ、わたしこそ……年のわりには、未熟で……」

「つらくなかった？」

「おどろきはしたけど、それは……気持ちがよかったからだ」

恥ずかしさに目をしばたたかせ、ひと息置いて、ちらっと見あげる。

瑞々しくはにかむ男の表情には深い安堵と、甘い欲情と、そしてせつない恋慕が入り交じっていた。

あ然と視線を奪われている間に、ソワムは桃へかじりつく。

甘い香りが弾けて、蜜が滴る。それを舌先で舐め、もう一度、果実を食《は》む。

今度はリアンのあご先を指で捕らえ、口移しで分けてきた。受け入れてくちびるを合わせ、互いの舌で果実をもてあそぶ。

「……あなたのすべてが好きだ。道士。……リアン」

ささやかれて芯からとろける心地がする。

リアンも果実を嚙みちぎり、咀嚼《そしゃく》して胃へ落とす。そして、ソワムと同じように、次のひとくちを口移しで分けた。

舌が触れると肌が痺れて、丹田の奥が熱く燃える。

「わたしも、あなたのすべてが愛おしい。ダナ・ソワム、わたしの黒い狼」

頰に触れて、くちびるを与える。貪らせて、舐め返し、くちびるを吸って、舌を絡めた。

甘い桃のしずくが胸元へ落ちて、ソワムの舌がいたずらに這う。

「……リアン、今度は気持ちのいいところをぜんぶ、教えてくれ。いちいち、言葉で」

「それは、無理だ……」

リアンは耳まで赤く火照らせて、愛しい男の胸へ飛び込む。

「一緒に、生きていこう」

抱きしめられて、耳元へ声がする。

「あの櫛を、あなたへ贈るから」

そう言ってソワムの視線が示したのは、枕元に置いたひとつの櫛だ。砂楼国の窮地を知る直前、町で若い女に譲ってもらった、桃花の櫛に違いない。

「わたしときたら、なにの用意も……」

急に気後れを感じたが、ソワムはそれさえも嬉しそうに微笑んだ。

「かまわない。あなたはその身ひとつで充分だ。いつまでも俺の隣に……。そして、俺のことも、いつまでも必要として」

「ソワム。……わたしはもう、ひとりでは生きていけないんだよ。待つことさえ、できない」

何度も愛をささやき、ひとつの桃を分け合う。

それから残りをそっと卓へ避けて、ふたりはまた身体を重ね合う。朝の光はきらきらと部屋にかがやいたが、閨のなかはまだあかあかと燃える初夜の名残だ。

吐息が爛れて、喘ぎが繰り返される。

リアンの指にソワムの指が絡み、若い男の背中に、悦楽の爪痕《つめあと》がまたいくつか残る。

渦を巻く快感に飲まれながら、リアンはどこかで真実に気づいていた。

この男は、年齢に関係なく、かなりの絶倫なのではないかと。その証明は、これから先の閨のなかできっと明らかになる。

リアンはしっかりとしがみつき、羞恥《しゅうち》のなにもかもを投げ出して四肢を絡めた。

積年の孤独が解けて、いまたしかに伴侶を得ていた。

＊＊＊

それからの暮らしは、波瀾万丈《はらんばんじょう》、百花斉放《ひゃっかせいほう》。

悠然と流れる時間のなかで、リアンは雨ふらしの役目を続け、いっそう桃の精がごとき美貌は増す。ソワムとジュンシーは仙丹極めて、どちらも眉目秀麗で名高い双璧《そうへき》の仙となった。

いまだ三人は山に棲む。季節のときどきに開明君や三仙女、さまざまに出会った神仙がふらりと訪れて、酒宴が始まれば、リアンとソワムが胡弓を奏で、ほかにもさまざまな楽器が加わり、やがては剣舞と流れこんでいく。

幽境の山々の景色は変わらず優雅で、奇岩を割って伸びた松が青々と映える。峡山流れるかすみは陽を受けて七色、夜が訪れれば、黒々とした闇に星影が流れゆく。

変わったことは、ただひとつ。

リアンとソワムの居室が同じになり、夜毎《よごと》、結界が発動する。

ただ、それだけのことだった。

あとがき

こんにちは、高月紅葉です。『仙境転生~道士は子狼に下剋上される~』を手に取っていただき、ありがとうございます。本作で印刷著作物・五十冊目となります。記念すべき五十冊目がこの作品となったことを本当にうれしく思います。

私の書き下ろし小説は、内容に合わせて少しずつ文体が変わります。西洋舞台であれば翻訳小説のテイストに寄せたり、日本の時代物であればそれぞれのテイストを出したり。そのときどきに楽しんでいます。そして、今回、ついに大陸風ファンタジーです。『ついに』と書いたのは、この文体で書くことがひとつの心願であったと、しみじみ思い出したからにほかなりません。

思えば三十数年前。未熟な子ども時代に憧れ、以後も書けそうになかった文体です。いつか使いこなせる、と思ったことはありません。けれど、挑戦してみれば案外、ひとつの形になりました。憧れたままの文体ではなく、私らしさを含んでこの文体を使えたことにも興奮を感じています。小説らしきものを書きはじめてから、長い月日をかけて研鑽《けんさん》を続けてきた、その結果がようやく指先に触れたような気分です。

そして、私の作品を読み続けてくれている読者さん、新しく見つけてくださる読者さんのおかげでもあります。

本当にありがとうございます。そして、これからもよろしくお願いします。

ただ、この文体に好き嫌いはあると思います。慣れないうちは目が滑るかもしれません。

それでもきっと、この文体のリズムを愛してくれる読者が、この文体に合った読み方のできる読者が、どこかで待っていると信じています。もし、そういった方々に巡り会えなくても、三十数年前、熱心に焦がれた私自身は満たされる気がします。

私の大好きなリズム。胸躍る、言葉の羅列。

五十冊目の節目に結実した喜びを、このあとがきに記しておきます。

末尾となりましたが、この本の出版に関わってくださった皆様に心からの感謝を申し上げます。そして、執筆活動を支えてくださる読者の皆さんにも。

読んでくださって、ありがとうございます。

霞《かすみ》流れる幽境の景色が、時空を超えたひとときの旅となりますように。

また、お目にかかりましょう。私はこれからも、心願のため、日々の鍛錬を続けます。

高月紅葉

本作品は書き下ろしです。

ラルーナ文庫

この本を読んでのご意見・ご感想・ファンレターなどお待ちしております。〒110-0015 東京都台東区東上野3-30-1 東上野ビル7階 株式会社シーラボ「ラルーナ文庫編集部」気付でお送りください。

仙境転生《せんきょうてんせい》 ～道士《どうし》は子狼《こおおかみ》に下剋上《げこくじょう》される～

2024年7月7日　第1刷発行

著　　者｜高月《こうづき》 紅葉《もみじ》

装丁・DTP｜萩原 七唱

発 行 人｜曺 仁警

発 行 所｜株式会社 シーラボ
〒110-0015　東京都台東区東上野3-30-1　東上野ビル7階
電話　03-5830-3474／FAX　03-5830-3574
http://lalunabunko.com

発 売 元｜株式会社 三交社（共同出版社・流通責任出版社）
〒110-0015　東京都台東区東上野1-7-15
ヒューリック東上野一丁目ビル3階
電話　03-5826-4424／FAX　03-5826-4425

印刷・製本｜中央精版印刷株式会社

ISBN978-4-8155-3295-6